澄城县、大荔地区边区贸易公司人员合影（前排左四工作人员为孔祥友）

孔祥友与贸易公司财会人员合影（二排左三为孔祥友，女孩为幼时孔晓兰）

经理联席会议（后排右五为孔祥友）

春节合影（前排左三为孔祥友，女孩为幼时孔晓兰）

孔祥友

抗战难乡凯逢（左为孔祥友，中为孔晓兰）

胜利油田病休期间生活照（右二为孔祥友）

孔祥友在广州瞻仰黄花岗七十二烈士墓

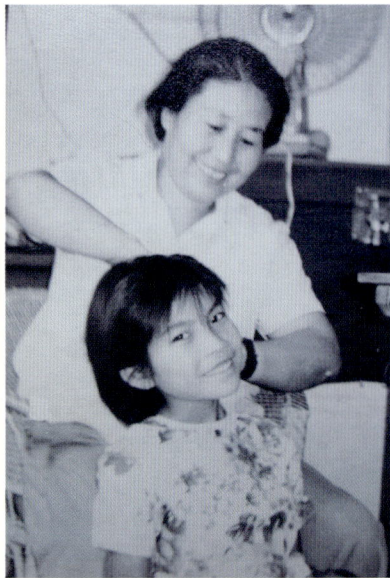

刘翘与外孙女慧慧

孔祥友与外孙女苗苗

赴华北石油大会战前夕青海油田财务处送别

追悼会上，胜利油田领导集体送别孔祥友（前排右三为老书记王军）

延安时期的赵群

赵群与姐妹、子女合影

孔晓兰姐弟四人

赵群与子、女、婿、媳、小外孙女合影

赵群与父母、子女合影

大女婿袁焕发看望岳母赵群，
在洛阳白马寺合影

赵群与大女儿孔晓兰在北京世界公园

孔祥仁戎装照　　　　　　青年时代的邵云凤

孔祥仁与岳母、妻、儿合影　　　　孔祥仁、邵云凤合影

邵云凤（前排左一）与八个儿子合影

邵云凤（前排左二）四世同堂照

邵云凤三儿媳马萍（马主任）

邵云凤和三儿子孔惠民

邵云凤和三儿媳马萍

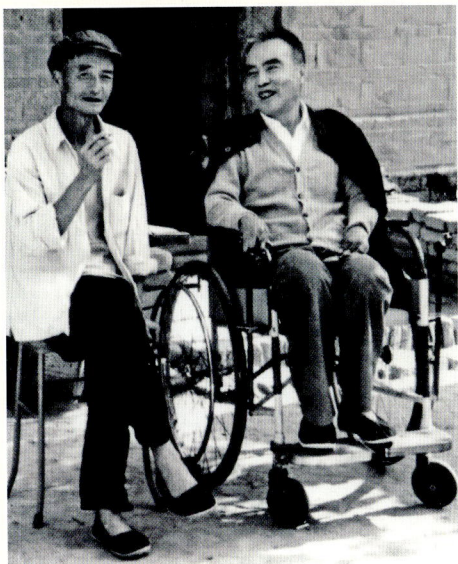

孔祥友回老家与弟弟孔祥福欢聚

孔祥仁三儿子孔惠民在老家看望叔叔

孔晓兰在写生

孔晓兰在海边

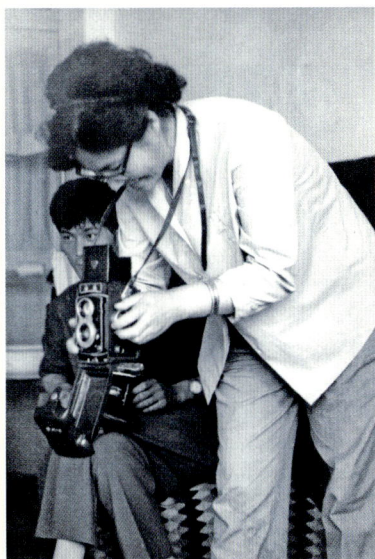

孔晓兰在摄影

孔晓兰与小时候相依为命的大弟弟孔令成

孔晓兰在下基层时与工人一同维修采油设备

孔晓兰与卫生防疫工作者到石油钻井队检查指导

在胜利油田科技会议上拍摄（靠门框持相机者为孔晓兰）

孔晓兰在延安宝塔山与民间艺人同唱革命歌曲

孔晓兰家庭照

孔晓兰下基层三同，深得基层同志好评

致敬，我的父亲

战争年代，他出生入死，舍身卫国；和平岁月，他"公"字当头，无私奉献——

胜利油田《胜利日报》刊登孔晓兰回忆父亲孔祥友革命生涯的文章

胜利油田原财务处处长
孔祥友同志因病逝世
追悼会于五月六日举行

本报讯 胜利油田原财务处处长、离休老干部孔祥友同志因病于1987年4月30日逝世，终年63岁。孔祥友同志的追悼会5月6日在油田举行。

孔祥友同志1937年10月参加革命，1942年8月加入中国共产党，历任陕甘宁边区关中分区粮食贸易公司股长，陕西省黄陵等地贸易公司粮食公司副经理、经理，榆林专署副科长，石油工业部地质局、青海石油管理局财务处处长，胜利油田财务处处长。1985年5月离休，离休后按规定享受局级待遇。

孔祥友同志的一生是革命的一生，战斗的一生，光荣的一生。

孔祥友讣文

家风系列丛书

孔晓兰 ◎ 著

基石

——忠孝仁义话家风

中国言实出版社

图书在版编目（CIP）数据

基石：忠孝仁义话家风 / 孔晓兰著 . -- 北京：
中国言实出版社，2019.1
ISBN 978-7-5171-2989-9

Ⅰ . ①基… Ⅱ . ①孔… Ⅲ . ①散文集—中国—当代
Ⅳ . ① I267

中国版本图书馆 CIP 数据核字（2018）第 266934 号

责任编辑：丰雪飞
责任校对：张　丽
出版统筹：胡　明
责任印制：佟贵兆
封面设计：淡晓库

出版发行　　中国言实出版社
　　　　　　地　　址：北京市朝阳区北苑路 180 号加利大厦 5 号楼 105 室
　　　　　　邮　　编：100101
　　　　　　编辑部：北京市海淀区北太平庄路甲 1 号
　　　　　　邮　　编：100088
　　　　　　电　　话：64924853（总编室）　64924716（发行部）
　　　　　　网　　址：www.zgyscbs.cn
　　　　　　E-mail：zgyscbs@263.net
经　　销　　新华书店
印　　刷　　阳谷毕升印务有限公司
版　　次　　2019 年 1 月第 1 版　　2022 年 3 月第 2 次印刷
规　　格　　880 毫米 ×1230 毫米　1/32　6.75 印张
字　　数　　160 千字
定　　价　　58.00 元　　ISBN　978-7-5171-2989-9

序

　　我出生于一个革命家庭，父亲母亲都是参加抗日战争、解放战争的老革命。新中国成立后，父亲一直在石油部门从事领导工作。出生在这样一个家庭，在普通人的眼里，我是幸福的、幸运的。

　　但是，世事不由人，家家都有一本难念的经。

　　父母亲在革命战争年代走到了一起，同生死、共患难，后来因为种种原因分手了。父亲正值壮年，正是可以为石油工业大发展奋力拼搏之时，却因病瘫痪了。我在战火中出生，在陕甘宁边区的马背上的摇篮中长大，新中国成立后又随父母辗转青海油田、山东胜利油田，成长中有欢乐，亦有痛苦。参加工作后，我努力工作，相夫教子，在轰轰烈烈的石油大会战中经受了锻炼，不断克服各种困难，为祖国的石油工业作出了应有的贡献，享受到了工作和家庭的乐趣。

出于对生活的热爱和对家人的眷恋，我把我的家庭、我的亲人如实地记录下来。对长辈，是敬重，是还原事情的本来面目，使后人能不忘初心，继往开来；对同辈，是勉励，是深爱，对他们不躺在父母的功劳簿上，靠自身努力去拼搏、去奋斗，从而获得美好生活，是肯定。

我深爱我的父母和家人，深爱我的祖国，愿父母安息，家人喜乐，祖国繁荣昌盛！

孔晓兰

2018.11

前言

　　在中国的革命史上，延安是革命圣地。中国工农红军到达陕北后，在中国共产党和毛主席的英明领导下，经过艰苦奋斗，终于取得了中国革命的全面胜利，建立了新中国，中国人民从此站起来了。新中国经过近七十年的发展，今天，我们比任何时期都更接近、更有信心和能力实现中华民族伟大复兴的目标。

　　回忆过去，我的父辈，跟着共产党、跟着毛主席抗击日寇，浴血奋战，为推翻旧社会、解放全中国，冒着枪林弹雨，不怕流血牺牲，为建设新中国，呕心沥血、鞠躬尽瘁，他们是共和国的基石，我为有英勇的父辈而骄傲。

　　我出生在战火纷飞的 1946 年。父辈舍生忘死地干革命，我的童年也充满了艰辛与艰险。1947 年，胡宗南部队进犯延安，部队转移时，几个月大的我就在马背上的摇篮里。一天黑夜，我们的队伍（陕甘宁边区机关后勤）与敌人刘戡的队伍只隔着一个沟壑，我父亲是这支队伍的保卫人员，为了保证队伍的安全，父母把啼哭的我放在路边无人的窑洞里，敌人走远了，父亲又返回接我。此后，父母亲战斗在陕北的山山水水间，一直带着我。父亲和他的战友有对胜利的喜悦，也有对牺牲战友的悲伤，凡此种种都在我幼小的心灵中留下了深刻的印象。每每回忆起从战争年代到和平年代的成长经历，我百感交集，深深感到今天的幸福生活来之不易。

我一直有一个朴素的愿望，就是尽量把父辈投身革命的战斗史记录下来，以缅怀先辈、教育后人。后人更应该发扬先辈的革命精神，为国家为民族为人民作出更大的贡献。

2015年7月1日中国共产党成立94周年之际，电视纪录片对建党历程的回顾激起了我对那段艰苦岁月的回忆，眼前似乎出现了马背上的摇篮，看见了父亲在晋察冀边区、陕甘宁边区为中央机关做后勤保障工作时忙碌的身影，听见了伯父在359旅转战南北、与敌血战肉搏的呐喊声。当年父亲、伯父给我讲过的往事，一幕幕浮现在眼前，父亲和伯父曾经在抗日战争中舍生忘死、浴血奋战，如果我不把他们的事迹写出来，这些故事恐将湮灭在历史的长河中，于是我毅然拿起笔，下决心用回忆的形式将其记录下来。但愿我的回忆能够弘扬老一辈艰苦奋斗、勇于牺牲的革命精神，能够对下一代有所教益和启迪，能够给某些自私自利的人一些警示。

　　父亲和伯父是为革命不惜抛头颅洒热血的革命者，是大公无私、一身正气的老共产党员，他们为我们留下了宝贵的精神财富：这就是国家兴亡、匹夫有责的民族品格，坚忍不拔、百折不挠的民族信念，视死如归、宁死不屈的民族气节，英勇顽强、敢打必胜的战斗精神。这精神财富将是我们孔家子孙后代乃至全国人民取之不尽、用之不竭的，他们大无畏的献身精神将永远激励、鼓舞我们奋勇前进。

　　中国革命的胜利来之不易，忘记过去就意味着背叛。所以，我们回忆过去，为的是创造未来。年轻一代一定要继承和发扬老一辈革命家光荣传统和革命精神，坚定理想信念，不忘初心，不畏困难，不惧艰险，为实现中华民族伟大复兴的中国梦贡献自己的力量！

孔晓兰

2018.11

目 录

跌宕起伏的家庭往事

一、母亲的悲欢离合

二、父亲的壮志难酬

三、伯父九子多拼搏

七、童年的往事记忆

附　录

后记一

后记二

回忆父辈的革命生涯

一、战争年代的父亲

1. 苦大仇深，父亲投奔八路军

我的祖籍在冀中平原滹沱河畔的饶阳县孔店村，这里隶属河北省衡水市，地处河北省东南部，以长安君封饶而得名。祖父孔繁刚带领兄弟靠熬制土盐、帮人打短工维持生计。祖父育有三个儿子，老大孔祥仁，老二孔祥友，老三孔祥福。祖母怀着第四个孩子时被村里的恶霸踢死在了磨盘下。此后祖父既当爹又当娘，领着三个儿子艰难度日。

孔店村相邻的西张、东张两村历来矛盾很深，过去曾因争水发生过械斗。有一次富户居多的东张村雇佣一帮地痞流氓在集市上横行霸道，无故殴打西张村的穷人。我的祖父孔繁刚爱打抱不平，挺身为乡亲争理，结果被打断了一条腿。倔强的祖父宁死不屈，拖着一条残腿爬到东张村怒骂雇人行凶的地主老财。东张村富户恼羞成怒，勾结饶阳县官府，将祖父抓进监狱严刑毒打，可怜的祖父含冤屈死在县大牢里。我的伯父孔祥仁不服，闯进官府告状，差役威吓说："你再告状就抓你的壮丁！"伯父说："你们就是抓了我我也不服！"第二天果然来了几个国民党兵把伯父五花大绑抓走了，押送到国民党 36 军充当炮灰，那年伯父不满 16 岁。

家中出了如此变故，亲戚们人心惶惶，各奔东西，祖父的三个兄弟陆续离开了孔店村。听说二爷孔繁山逃荒要饭闯了关东；三爷孔繁强悄然离去不知去向；四爷孔繁林在一个戏班子里走江湖，不知流落到何处。三个爷爷至今杳无音信，和他们团聚的希望也成了泡影，留下了深深的遗憾。这都是万恶的旧社会导致的悲剧，每想到这个情景我都忍不住热泪直流，心情久久无法平静。

住在南岗的姑奶孔淑贞为人正直刚强，做事有主见。为了防止侄子再遭迫害，把我父亲和幼小的叔叔孔祥福领回家。不久带着我 13 岁的父亲去找穷人的队伍，颠着一双小脚摸黑走了 30 多里路，找到了八路军冀中军区特务团第四支队的驻地。

支队的战士把姑奶和父亲引领到队长张春玉面前。姑奶双膝跪地，老泪纵横，带着哭腔说："我可找到专打日本、为穷人打天下的军队啦，救救这个苦命的孩子吧，他已经让地主逼得走投无路了，让他跟你们一起打日本、干革命吧。"此情此景让张队长很受感动，他激动地说："只要愿意革命我们就欢迎。这孩子虽然小了点，但苦大仇深，是个好苗子，相信会很快成长为真正的革命军人的。"张队长就这样爽快答应了。父亲喜出望外，握紧了拳头向张队长表示："我一定听您的话，跟您好好干！"张队长看着只穿一条短裤的父亲和善地说："我们是中国共产党领导的革命队伍，咱们都要跟着共产党走，这之中的道理你还不懂，以后我再慢慢讲给你听。"父亲似懂非懂地点了点头。

告别了姑奶，父亲在 120 师 359 旅特务团四支队当了勤务员。我叔叔则由姑奶及一位姨奶轮流抚养，在极端困难中苦度时光，直到新中国成立后才回到老家，分得土地和房屋，过上了安稳生活。

2. 火线成长，军号嘹亮助军威

卢沟桥事变后，河北国民党军惊恐溃逃，各种地方势力好像一夜间冒出来。"绿林好汉"比比皆是，各种司令多如牛毛，河北省政府处于权力真空状态。

1937年10月，国民党53军691团团长、共产党员吕正操，率本部两个营北上抗日，在高阳与冀中党组织会合，队伍发展很快，开辟了冀中抗日根据地。

冀中队伍奋战在冀中饶阳一带打鬼子的前线，在此阶段，父亲在张春玉队长的领导、培养下，和年龄略大一些的战友武来子尽职尽责地在冀中平原为四支队领导站岗放哨，做情报传递工作，时刻警惕日军来犯。

八路军120师是抗日战争时期中国共产党领导的八路军的三个主力师之一。师长是贺龙，副师长是萧克，参谋长是周士第，政讯处主任关向应，副主任甘泗淇。

1937年9月3日，120师在陕西富平县庄里镇举行抗日誓师大会。师长贺龙率358旅、359旅一部及教导团等8200余人由驻地出发，奔赴山西抗日前线，718团等部留守陕甘宁边区。9月下旬，120师进入同蒲铁路以西晋西北地区开展游击战争，后创建抗日根据地。9月底，以716团二营为基础组成的宋时轮支队（雁北支队），深入雁门关以北，同蒲铁路以西地区。10月1日攻占井坪镇，4月收复平鲁县城，逼近大同。

此时120师先后取得了雁门关王董堡战斗的胜利，开辟了晋西北抗日根据地。部队分别增编了358旅的714团和359旅的718团与719团。

1938年1月，120师奉命开赴太原以北破袭同蒲铁路，配合国民党反攻太原，给了日军有力打击。2月中旬，日军调集万余人分三路围攻晋西北，侵占岢岚等七地。120师日夜兼程回师晋西北，粉碎日军围攻，收复七地。

同年5月，359旅奉中央军委之命，开赴恒山，配合晋察冀军区，创建恒山地区抗日根据地，当月，120师令雁北支队转至北平以西地区，与晋察冀军区邓华支队合编为八路军第四纵队挺进冀东地区，特务团四支队改组成大青山支队。我父亲也成了大青山支队的一员，在李井泉、姚喆领导下参与了绥西、绥南、绥中抗日根据地的创建，在18个市县开展游击战。

父亲一面当勤务员，一面努力学文化、学军事，兢兢业业为首长和战士们服务，心中树立了打败日本鬼子、解放全中国的远大理想，坚定了为劳苦大众奋斗到底的决心。

1938年12月23日，120师主力在贺龙、关向应领导下，从晋西北挺进冀中，按照中央指示，积极组建八路军三纵队，协助冀中军区部队整训提高。

120师与冀中军区汇合后，大青山支队也调到冀中，实力大增。

冀中军区机关就在我家乡饶阳县城，特务连和警卫连直属司令部，其中300名是共产党员。这两支部队都是可靠力量。当时年仅15岁的父亲在特务连当警卫，带着民族仇、阶级恨逐渐成长为一个坚强的革命战士，在共产党的领导下随部队开展平原游击战。

120师在冀中四战四捷，毙伤日军900余人。日军闻风丧胆，于是调集7000余人向120师进犯，企图压迫师主力于大城、任丘之间。

1939年4月23日，日军宫崎联队200余人、伪军一部，携一门山炮，突然发起攻击，父亲所在的部队立刻参战，和宫崎联队正面相遇，展开了遭遇战。敌人一次次的冲锋都被英勇的战士打了回去。当时父亲是战地宣传员，军号吹得好，他机智地穿插在阵地外围，冒着枪林弹雨，吹着军号为战士们鼓劲，部队冲锋时冲锋号更是一阵高过一阵，战士们士气大增，以排山倒海之势将敌人围歼。这一仗共击毙日伪军150余名，缴获军用物资10大车。战后战士们都称赞父亲的军号吹得响亮、及时，极大地鼓舞了士气，父亲也得到了首长的表扬。

日伪军受到重创后，像被激怒了的野兽一样疯狂反扑，从滹沱河各据点调集3000多人，坦克、装甲车20辆，分三路向我方报复。贺龙、关向应避实就虚，沉着应战，巧妙地与敌周旋，并机智地将敌人分割包围，一块一块地吃掉。日军久攻不下，竟丧心病狂地施放了毒气。我军指战员把尿液洒在毛巾上捂住口鼻，以迅雷不及掩耳之势冲入敌阵，展开了白刃战。同时父亲所在的部队在贺炳炎、余秋里率领下，在大清河伏击了由新城出动的日伪援军。这一仗歼敌300余人，打死了日军大队长汤田，收复了任丘。这是打在家门口的一次抗日战斗。

一把飘扬着红缨的古铜式军号，吹响在20世纪的战火硝烟中，也吹响了一个农村贫苦孩子投身人民军队抗击日寇的青春之歌。作为120师一员的父亲，在转战冀中平原、杀向晋西北、建立抗日根据地的无数次战斗中，为保卫首长安全，为执行任务，多次与死神擦肩而过。在领导的培养下，父亲作为一名出色的军号手，历经了艰苦卓绝的征战，成长为一名出色的八路军战士。

1939年8月，父亲随首长来到120师三支队，到教导团任宣传员。父亲原本身材瘦小，在部队经过战斗的锻炼，身体迅速强壮起来，身高超过180厘米，成了一名魁梧英俊的八路军战士。父亲在冀中三支队司令员处做警卫员，在与司令相处的一年零二个月中，父亲的政治思想水平得到很大的提高，在首长们潜移默化的影响下，他进一步学习了许多革命的理论和实战经验。当年的父亲还是一个小号兵，嘹亮的号声激励了士兵们的斗志，也把作战指令准确无误地传达到每个前沿阵地。父亲年龄小，但他认准一个道理，中国面临亡国灭种的危险，中华民族到了最危险的时刻，不打走日本侵略者，国无宁日。

后来，贺炳炎调任 358 旅副旅长，父亲跟着他进驻晋西北军区机关。三支队改编为 8 团，归 358 旅，进军管涔山，8 个月歼敌 600，站稳了脚跟。

1942 年 2 月 4 日，日寇集中 1 万余兵力向晋西北梳篦"扫荡"。120 师在晋西北人民的配合支持下内外夹击，歼敌 1750 人，迫使敌人 3 月初退回。

1943 年 6 月，8 团奉命去陕北保卫延安西南大门。1940 年 5 月回师晋西北，到离开时，8 团在晋西北战斗了整整 3 年。8 团同兄弟部队参加了开辟建设巩固根据地的斗争，参加了著名的百团大战和多次反"扫荡"，进行了数次军政训练，完成了重要的接护工作和反蚕食斗争，为扭转西北抗日局势作出了贡献。

在抗日烽火中的艰苦的磨炼中，8 团越战越勇，从一支新组建的武装成长为八路军正规部队的一个主力团。就是这个团在抗日战争后期和解放战争中屡建奇功。在反蚕食斗争中，8 团各营和武工队得到了很好的锻炼，他们形成了各自为战、灵活机动、英勇顽强的战斗作风，这种作风以后发展为 8 团的特色之一。

3. 抗大深造，财经战线显身手

抗大，全称中国人民抗日军事政治大学，于 1936 年 6 月在陕北瓦窑堡成立。毛泽东亲自为抗大制定了"坚定正确的政治方向，艰苦朴素的工作作风，灵活机动的战略战术"的教育方针。

1941 年 7 月，根据中共中央北方局与华北军分区关于增设分校的指示，抗大总校以 120 师教导团为基础，于晋西北兴县附近的李家湾，创办了抗大七分校。

父亲随着 120 师到抗大七分校学习一年，1942 年 8 月，光荣地加入了中国共产党，并任机关支部委员。

当时教育条件差，夏天热，就拿树林当教室，冬天冷，就在向阳避风的地方讲课，找块平地就是操场，每人发一根棍子就是练刺杀的教具。一穷二白，尽管这样，父亲还是学到了实用的军事知识。如老师教大家夜间辨别方向，植物阴面阳面是有区别的，以此确定判断南北方向。队里有一个数学教员，一个语文教员，军事科目都是学校军教科教员讲，政治由政教科教员讲，队长、指导员也都参加教学。

　　1943 年 1 月，学校开始转入军事训练，许多军事课是在操场上进行的，学员们从早到晚摸滚打爬。校长亲临现场观察指导，每天提出训练要求并亲作示范。父亲由于缺乏军事体育训练，在军体科目比较差的情况下，经过异常辛苦地练习，各科项目都取得了优异成绩。回忆在抗大的经历，父亲不无感慨地说：抗大为我党培育了大批的优秀干部，毛主席亲自制定的抗大校训，是我党的宝贵财富。在抗大的学习让父亲建立了为共产主义奋斗终生的人生观、价值观。抗大精神彪炳千秋、永放光芒。

　　经过一年学习，父亲从一个大字不识的少年成长为能文能武的人才，政治素养、军事能力和文化知识得到了全面提升，这为他后期从事更加繁重的工作打下了坚实的基础。

4. 红色商人，硝烟虽少也激烈

抗大学习结束，父亲进入边区财经战线。财经工作讲究的是严谨细致、分毫不差，无数的钱财从他手上流过，在他身上体现的是一个老革命、一个老共产党员对党的事业的忠诚。"文化大革命"中，造反派到处收罗黑材料，想把他打倒，结果一无所获。这都体现了一名从抗大走出来的老干部的一身正气。

在战争年代，大多数人认为只有上前线才是真正为抗战作贡献。父亲当然也想上前线，一开始他想不通。

事情是这样的。父亲一心想跟随贺龙上前线打日本鬼子，总觉得革命就是打鬼子，打土豪劣绅。而现在让他去为边区收集银钱，用边区的土特产等换取部队急需的枪支弹药，在边区做红色商人，他实在想不通。通过首长耐心做工作，父亲的思想问题解决了。是啊，边区几十万野战部队官兵，要打仗、要吃饭、要穿衣，这些经费从何而来？我们财经战线为革命换取资金，上敌占区换取军需品有什么不好？这是在另一条战线上的战斗，其困难程度甚至比上前线还复杂。

在领导的教育帮助下，父亲的思想疙瘩解开了，转变了观念，欣然接受了任务。1943 年 7 月到 1948 年 5 月，组织安排父亲在关中分区马栏物资局（后改名为贸易公司）工作。父亲因在抗大七分校学习好、进步快，很快成为抓粮食工作的基层领导，但他面临的是十分严酷的政治、经济形势。

一是国民党的残酷封锁。国民党为了长期封锁围困陕甘宁边区，早在 1940 年 3 月就在陕甘宁边区周围构筑了绵延多省的碉堡封锁线，封锁线分五道，之间相距数十里，纵深达百里。敌人还在关中军分区修筑了贯通三省、长达千余里的封锁线。封锁线由一个接一个的呈四角形或五角形的碉堡群组成，堡距一至二里，一般选择高点和交通要道修筑。每一个碉堡群有一至两个母堡，还有子堡。每座碉堡周围有内外壕沟深宽各一丈。内壕上加有掩盖物，而在碉堡外围面向边区一方，设有外壕、鹿砦、地雷。外壕上设置吊桥，断绝来往。碉堡、战沟纵横交错，形成了杀伤力极强的火力网。第一道封锁线的碉堡就有 518 座，敌人利用碉堡封锁线在军事上加强警戒，发现边区人员外出，不是抓捕便是射击。在经济上对边区实行封锁，禁止国统区的一切物资进入边区，特别是粮食、布匹、棉花、纸张、药品、日用百货、电信器材等，违反者以走私罪论处，没收货物、法办货主。边区的土特产品、农副产品也不许流入国统区交易，对于一切商人、脚户，除了公开扣留，没收其车辆牲畜等财物外，还纵容兵匪沿途抢劫。真可谓"垒筑山变色，丁抽路断行"。敌人企图借边区土地贫瘠、人烟稀少、自然灾害多，切断外援支持，以困死、饿死陕甘宁边区军民。

二是日寇的反复"扫荡"。1942年，日寇对各根据地实行蚕食政策，即实行其军事、政治、经济文化相结合的"总力战"。它是以军事上反复"扫荡"，政治上建立伪政权，经济上封锁破坏，文化上奴化教育为主，以特务活动相辅的侵略活动。敌人要蚕食一个地区，先派特务进入，建立秘密组织，建立据点或伪政权、维持会。为了制止敌人的扩张，巩固发展根据地和游击区，1942年6月，晋西北地委决定开展反蚕食斗争，指示各主力部队组织武装工作队深入敌后打击敌人，瓦解和摧毁伪政权、维持会，建立抗日政权。

在这种国民党和日寇对陕甘宁边区进行军事包围的严峻形势下，陕甘宁边区的经济、贸易往来几乎都被切断，人民的生活和部队的供给一度陷入困难，战士面临生死存亡的考验，形势非常严峻。

为了粉碎敌人的经济封锁，陕甘宁边区财经办事处主任决定从敌人的夹缝中蹚出一条活路来，派遣从事贸易工作的同志，把边区的土特产品运送到敌统区变卖，换回黄金、银圆，然后从敌占区买回边区急需的粮食、药品和枪支弹药等紧俏物资。

边区工作纪律十分严明，工作人员对外身份一律称"私商"，如果对敌人说出真实身份则视为叛变。运输中要找当地驻军护送，以保证来之不易的物资安全。

在经验丰富的老同志带领下，父亲逐步懂得了贸易的过程就是买卖的过程，共产党的商人不是为自己赚钱，而是为支援前线，为人民服务。因此要统揽市场运行的整个流程，懂得货从什么地方出，向什么地方去，什么人消费。在陕甘宁边区特殊的经济环境下，父亲很快学会了如何批发，怎样做门市生意，善于同各种各样的人打交道，工作得有声有色。

然而，开辟一条被敌人严密封锁的贸易之路异常艰难。父亲常常冒着生命危险，穿梭于敌人的条条封锁和层层盘查之间，一会儿假扮商人和敌伪做交易；一会儿又乔装成农民和客商谈价格；一会儿出现在街头，一会儿又消失在田野山林，敌人很难捕捉到父亲的身影。

金条、银圆、贵重物品常缠腰间，子弹上了膛的枪不离手，时刻准备着战斗，这是父亲在为边区人民输送物资时的常态。

尽管他们小心谨慎，如履薄冰，但牺牲还是难以避免。

一次，父亲和他的战友在半道休息期间，突遭地主还乡团的袭击。为了保全来之不易的黄金和银圆，3名战友在掩护父亲和其他战友撤退时，不幸牺牲了。每每提到这段往事，父亲的眼睛里总有泪水打转，流露出对战友的无限怀念和敬仰之情。

　　父亲所在的贸易公司在爷台山战斗期间，除坚持日常工作外，还奔赴爷台山前线，输送前线所需的弹药、给养，抬送伤员，清理战场，有力地配合了爷台山战斗。每当讲起这次战斗，父亲都感慨万分。外婆也曾对我讲："爷台山打仗的时候，我和你外公就住在爷台山附近的安子庄。战斗打响后，炮火连天，枪炮几十里都能听到，白天只看见部队来回穿梭在通往爷台山的路上，我们都不敢出门。你爸爸参加了这次战斗，为部队运送枪支弹药，往来于前沿阵地和后方根据地之间，我们成天担心你爸爸和你妈妈的安全。后来八路军打胜了，沿途到处都是八路军押着的国民党残兵败将，解气着呢！这仗打完不久，你妈就生了你。"

　　做边区的红色商人，要懂得市场运行规律。

　　1944年5月，许多同志走上了财经工作战线，许多同志通过深入了解弄清楚了边区经济运行的复杂逻辑。边区地处黄土高原，地瘠民贫，缺乏近代工业，经济十分落后。领导对边区的财经部门提出：必须扭转工作被动、连年"入超"的局面，并提出干部要精通业务，学会怎样做共产党的商人，愈土愈好，请客送礼这一套都不要。

　　父亲经过一年多的营业员、保管员、股长等岗位的历练，很快熟悉了边区贸易公司的基本特征和工作流程，对贸易公司、盐业公司、土产公司、运输公司，还有银行税务等部门的相互隶属关系，掌握得清清楚楚。弄清了这些流程和隶属关系，既能掌握全局又能赚钱。多年的经验告诉父亲，要做一个精明的红色商人，必须掌握这些市场规律。

市场规律有三要求：

第一，出入问题（过程）。货从什么地方出，到什么地方去，谁消费，要摸清，周密测商情，信息要快，考虑清楚趋势走向。物价涨跌，脑子要灵。

第二，懂得批发生意（坐庄）。只批发，不做门市不存货，库房只放算账工具。

第三，销路问题。一个商品从国外到中国农村，经过洋行—批发商—商店—边区商人—过载行—门市部—背包生意人，最后由背包生意人分散到农村，中间到底经过多少层，要心中有数。

1941年7月7日《中国共产党中央委员会为抗战四周年纪念宣言》发表。其中第七条规定，改革政治机构，罢免贪官污吏，引用开明人员，从政府机关中淘汰暗藏的亲日分子，肃清敌人的第五纵队；第八条规定，禁止贪官污吏奸商劣绅囤积居奇，操纵国民经济，实行调剂粮食，平抑物价，以苏民困。

1947年1月1日，上级领导指出为解决战争中的财政供应，必须一边发展生产，一边大力整顿财政，节省一切非必要开支，降低干部生活水平，严禁铺张浪费、贪污腐化，违者严惩。

1948年，上级指出自日本投降以来，贪污问题如不迅速纠正，则将大大加重我财政困难，使我战争难以长久支持。机关首长必须以身作则，拒绝一切不应得的享受，财经供给机关应当严格遵守制度，审查财经干部，清洗不可救药的贪污分子，并赳正农村的贪污问题。

做红色商人，必须严以律己，经得住糖衣炮弹的攻击。在这方面，我父亲和他领导的贸易公司、粮食公司都经受住了考验。

做边区的红色商人，要为边区经济稳定作贡献。

1942年，难民移民大量涌进边区，边区鱼多水少的矛盾在短期快速上升，供给链条几近断裂，危机恶性爆发。

边区政府采取一系列措施控制局面。边区财经办分管银行、财经、供销、粮食、工商税务。如何安排群众生活？粮食有粮票，副食有副食票，没有票就买不到东西，生猪靠本地解决，贸易公司负责算清楚本地有多少库存，上调多少，还能收购多少，供应量多少。通过采取一系列措施，边区局面得到了控制。

1943年7月2日《解放日报》发表《中国共产党中央委员会为抗战六周年纪念宣言》，动员全国的军队边抗日边生产，动员全国农民增加生产，坚决实行减租减息政策，废除一切妨碍公私生产积极性的政策。

合理的经济政策化解了边区的经济危机。1944年边区老百姓因灾蒙受损失。中央规定，上半年赊销给老百姓的货物款还没收回的一律不再收。

父亲牢记上级给他的任务是做生意，必须发展贸易把货物卖出去。我们的货物卖不出去，急需的物资就拿不进来。做共产党的商人，要统筹全局，把握市场走势，把外地商人的唯利转化为我们所用的力量。

针对国统区金融市场波动，边区金融机构利用有利时机，及时吞吐黄金、法币。1944年，也就是父亲从抗大七分校调到马栏一年多点的时间，由于父亲多年来刻苦学习，对经济工作有了基本掌握，根据财经办对关中地区下达的任务，用低价进口法币，买进黄金，赚取了差价。银行的黄金、准备金充足了，父亲派人深入敌占区，通过各种途径，采购边区极端缺乏的枪支弹药。

各稽征所对商人小组都负有组织领导责任，有定期的会议制度，不断向商人讲规定，促其执行，选用奉公守法能执行各项工商政策的开明商人负责商人小组的工作。这一组织逐渐规范后偷税漏税现象杜绝了，保障了我边区的物资供应。

物资大宗流通由公营货栈负担和组办，同时组织发动群众、小商贩开展零星出入活动，在当时形势下有100人参与其中。这对活跃市场起了一定作用。

每逢收麦，敌人都要抢粮、催粮、要粮。各地的贸易公司都要进行反抢粮、反催粮、反要粮的活动，从而保证小麦胜利归仓。具体的反击活动是：各村乡民在当地政府和贸易战线同志的领导帮助下，积极进行抢收抢种、打麦晒麦、迅速入囤，粮食公司的同志们积极做好粮食的收购进仓工作。

边区当时不仅有50万国民党正规军的三道军事封锁线，还有国民党地方税务缉私人员和便衣队派出的巡查人员，在壕沟、堡垒、据点、哨所之间活动，他们遇到贩货客户轻者敲诈勒索、扣留罚没，重者残忍杀害。他们对临近边界的市镇百货运销贩卖都进行严密管制。商贩们认为通过封锁线进货风险大，贿赂地方税务缉私人员花费大，如要到边区做买卖，一必须有厚利，二要保证兑现法币。于是边区财经办与贸易公司及银行经慎重研究决定，为打破经济封锁，要制定灵活恰当的收购价，并满足各种商贩兑现法币的要求，保证边区需要的各种必需品正常供应。

一年春天，国统区棉花纱布进价涨得快，边区内涨得慢。为防止倒流，组织决定高价刺激进货棉花纱布。每周，西北财经办都要召开各财经部门领导参加的边区例会。会上对当前财经工作中的重大问题进行研究、交流并做出决策。

1943年，马栏物资局、贸易公司的主要领导参加边区例会回来后，就对全体同志做认真指导。当时父亲在马栏贸易公司任股长、业务经理，他一边督促每个同志做好贸易公司的百货进出流水工作，一边认真刻苦地学习领会上级会议精神。他结合马栏地区的特殊性，晚上挑灯夜战，召集公司的业务骨干，边拨算盘边核实具体的进出账，遇到账目数字不清楚就分头查，向主管的业务同行核算出准确的账目，结合马栏地区以至关中地区在财贸工作中出现的各种问题，有的放矢地拿出解决的具体措施，在处理经济问题上避免用行政手段，主张按经济规律办事。

陕甘宁边区经济本来十分落后，生产一直无大的发展，国民党政府又实行层层封锁，造成当时的边币大幅贬值。1944年5月10日，上级领导提出了保护边币的要求，决定发行一种商业流通券，稳定金融市场。到1945年5月，市面流通的货币大部分是流通券，仅有少部分边币流通。为了抵制有的地方、部门囤积边币，等待升值，父亲所在的马栏物资局、贸易公司上下人员严格执行规定，确立了流通券在关中分区、马栏地区的地位。

父亲和他的同事利用流通券和边币，使边区贸易正常运转。同时，他们千方百计把陕北的盐和土特产销售出去，换进了大量的物资和法币。从1944年7月到1945年8月，边区的物价再也没有发生大的波动。我父亲所在的马栏贸易公司在这场经济战线上的斗争中，取得了胜利，为巩固边区经济，为支持抗日战争，作出了巨大的贡献。在这场斗争中，父亲掌握了边区特殊的市场规律，从此从事经济工作更加得心应手了。

就这样，父亲经过六年的基层贸易锻炼，从贸易公司的营业员一步步升为保管员、股长、站主任、经理，成长为一名经验丰富的边区经济工作者。

5. 粮食粮食，事关边区生命线

1948 到 1949 年陕西的黄龙、冯原、大荔、三原等地方，随着大形势成立各县人民银行，宣布人民币为"本位币"，但人民币的流通同样遭到市场的阻力。在这种情况下粮食成了硬通货，发挥着货币的功能，成为当时衡量商品价值的尺度、商品交换的媒介、商品流通的手段。从特定的历史意义来说，当时的粮食就是货币，粮库就是银行，粮食就是命脉、生命线。但陕甘宁边区因灾荒粮食歉收，粮价暴涨。

1948 年，父亲奉命由马栏贸易公司调往黄龙贸易公司，担任黄龙贸易公司冯原粮食分公司经理。

为了摸清粮食的回笼渠道，适当控制物价，父亲亲自勘查了当地的风土民情，掌握了边区特殊的市场规律。父亲花大力气组织货源，购进了大量农民急需的食盐、布匹、土特产品，同时鼓励农民到粮食公司用粮食换取自己需要的东西。这样，冯原、澄城县的粮食公司很快完成了政府下达的粮食收购任务，农民也感到这种交易公平合理，非常拥护这种兑换形式，这不仅有效地平抑了物价，还保护了农民种粮的积极性。

但地主、还乡团却对共产党的地方组织恨之入骨，时刻觊觎父亲来之不易的粮食。当地国民党政府纠集土匪与人民为敌，到处烧、杀、抢。1947年10月4日，我西野二纵队攻克黄龙石堡镇，成立了各区支队，除独立22团、23团外，组建了合阳支队、韩城支队、韩宜支队、黄龙支队等十余个地方武装，来对付屡剿不绝的大小土匪。当时盘踞在黄龙地区的郭玉山反动武装有300余人，在黄龙支队围剿下，匪首郭玉山不敢正面应战，而将土匪化整为零，分为6支小股土匪，逃往雁门山、子午岭一带，与国民党委任的政治土匪相互勾结。

黄龙支队在半年的时间内，充分发动群众，大打人民战争，消灭了一批死硬分子，争取、归顺了一批被胁迫的土匪，缴获步枪500多支，机枪20挺，手枪10把，并从民间收回大批枪支弹药。父亲到黄龙时，正赶上黄龙军分区处决叛徒王本位。王本位原是我韩城支队石门大队的科长，他和警卫员在返回延安途中叛变投敌，交出50支枪，350余发子弹。此人叛变后纠集反动力量，伙同残匪王文龙搞破坏，被我黄龙支队一举歼灭，并举行公审大会，对王本位实行枪决。面对黄龙地区如此错综复杂的形势，父亲毫无畏惧，以更加旺盛的斗志投入到艰苦卓绝的粮食征集、运送工作之中。

当时的黄龙地区子午岭的深山老林里土匪频繁出没，更有国民党的反动势力仗着山高林深拉山头为非作歹，抢粮事件不断发生。父亲在黄龙、澄城县交界的冯原粮食公司担任经理时，身上的担子和责任是非常重的。为了给前线部队输送军需物资和给养，父亲他们贸易公司的驮队必须有武装人员押送。在我儿时的记忆中，每天拂晓，驮队满载物资出发，经过一天或数天的长途奔波，晚上顶着皎洁的月光回到那排排挂着白布门帘的窑洞前的院子里，卸货，拴牲口，给牲口喂水、喂草料。宁静了一天的窑洞突然热闹非凡。等洗涮、弹灰、吃饭、抽烟、吆喝完毕后，如窃窃私语、表情神秘则是遇到什么情况了；若是大声吵吵，欢笑，开玩笑，则是胜利完成任务了。

从我记事起，就经常看见妈妈一边招呼卖东西，一边练习拨弄算盘珠子，还自言自语背口诀，什么三三进九，二一添作五等，爸爸晚上回来也不断教他，母亲干起工作风风火火，但学习文化就相当吃力，总不见长进。

1948年，在澄城县贸易公司，父亲和他的战友们于拂晓满载粮食，从澄城县粮食公司出发，支援澄合战役，给冯原、石堡的野战部队给养，驮队走到离子午岭、雁门关不远的地方，遇到了盘踞在屹台乡的郭玉山的反动武装，满载粮食的驮队遭到了袭击，因寡不敌众，父亲的驮队遭到了抢劫。

这次遭土匪袭击，损失是惨重的，教训是深刻的。看守粮食仓库如看守金库，尤其在土匪出没频繁的黄龙地区。父亲和他的运粮驮队没有气馁，而是吸取教训，增加了押送的武装人员。身为公司经理的父亲为保证运粮驮队的安全，带上警卫员和同志们一起押送给养，奋走在经常有土匪出没的黄龙、冯原、韩城交界的子午岭的崎岖山路上。父亲枪不离手，甚至晚上枕着枪睡，一有情况就和当地政府派出的保卫人员连夜巡查，就地处理情况，保证粮食安全。

当时父亲和同志们在三原地区为保护边区的物资和地主还乡团进行过殊死的搏斗。有一次三原县还乡团包围了正在窑洞里开会的财经干部，双方开了火。父亲和身高体壮的同志腰藏金条等贵重物资，边战斗边突围，激战了二十里地才脱离危险，而那些没有撤离出来的同志被地主还乡团用秤砣一下下地打死了，这些同志以死保护住了边区人民的粮食、金条。每当父亲回忆起这段往事时，总是含泪怀念这些生死与共的战友。

一天，父亲接到任务，要十万火急向黄龙地区运送一批粮食，因为围剿郭玉山的黄龙支队等部队已经断粮。

父亲立刻筹集冯原地区的所有粮源，组织人马连夜向黄龙一带进发。当运粮队伍急匆匆走在圪台附近时，父亲得了疟疾，忽冷忽热难以忍受，战友们劝他休息一会儿再走，父亲说："此地地形险恶，土匪随时都可能出现，队伍一刻也不能停，不要管我，粮食要紧。"

父亲以超人的毅力忍受着40度的高烧，浑身颤抖，一步三晃地跟在队伍的后面。突然，队伍的前面跳出几个彪形大汉，自称是郭玉山的部下，要部队留下粮食作为"买路钱"。那个领头的傲慢地说道："听说你们带队的是冯原镇粮食公司的孔经理，你们告诉他，借点粮食让我们弟兄先吃饱肚子，不然的话我们可就不客气了！"

父亲见状，热血上涌，竟然压住了疟疾的肆虐，一手拄着木棒，一手提着枪来到队伍前面，高声断喝："我就是你们说的孔经理，我们运的粮食是给前方解放军战士的口粮，这是从黄龙、澄城县地区老百姓从嘴里省出来的，敢动这批粮食，我们不答应，边区人民也饶不了你们。"父亲镇定地环视了一眼众匪徒，接着说："弟兄们，你们都是因生活所迫才进山当土匪的，现在胡宗南的部队已被打败，国民党反动派眼看就要灭亡了，穷人就要翻身得解放，你们不要执迷不悟，赶紧弃暗投明，解放军会给你们出路的。"父亲的这番话打动了一些人的心，引起了土匪内部的骚动。那个领头的土匪慌了，嚎叫说："别听他的，给我动手抢，不抢者格杀勿论！"

父亲眼疾手快，毫不犹豫地举枪扣动了扳机，只听"叭"的一声，那个领头的土匪应声倒地。失去了匪头，众匪乱作一团，胡乱地打起枪来。父亲和战友们沉着应战，双方交了火。由于父亲和他的战友们经验丰富，再加上战前宣传起了作用，匪徒无心恋战，放了几枪之后四散而逃。

这次运粮中途遭劫，父亲和他的战友们勇敢抗敌，有惊无险，保住了比生命还珍贵的粮食，并把粮食安全地送到了战前部队的驻地。

在父亲和战友们的不懈努力下，粮食来源范围不断扩大，慢慢地可以过黄河到山西的吕梁、临汾购粮。为了把这些粮食运回来，他们克服了敌人明夺暗抢等难以想象的困难，有时为了赶路几天吃不上饭，还要时刻提防敌机的投弹扫射。最为惊险的是骡子驮队抢渡黄河。有一次渡船刚到河中央，突然两架敌机俯冲下来，向运粮船只疯狂扫射，受惊的骡子前蹄高高抬起，乱蹦乱跳，整坨的粮食、盐巴掉入水中，船在河中打转无法前行。父亲和战友们一面用步枪向敌机射击，一面抓紧缰绳制服骡子，再帮助艄公摇船，时左时右、时快时慢，巧妙地躲避敌机投下的炸弹。有的渡船不幸被炸弹击中翻沉，实为可惜。

父亲和他的战友们相互配合，把损失减小到最低限度，用智慧和勇气保证了粮食的安全送达。父亲所在的粮食公司在陕甘宁边区发挥了重要作用，缓解了边区的粮食困难，推动了边区工农业生产的发展，有力地支援了根据地建设。

冯原地区的粮食贸易搞得轰轰烈烈，群众对大名鼎鼎的孔经理也是敬佩有加，把他的事迹传得神乎其神。记得1970年我的爱人袁焕发到陕北、甘肃搞外调，曾到过冯原地区，听到了那里一些老人讲起了当年孔经理运粮与土匪斗智斗勇的故事，回来和父亲聊起了自己的所见所闻。父亲一边听一边自豪地说："冯原那是我战斗过的地方，一说孔经理，当地的老人儿都知道我。"可见父亲的工作是得到了人民群众的拥护的，父亲是与当地民众血肉相连的，他把自己的青春无私地贡献给了党的事业。那段日子，父亲每每回忆起来都不胜感慨。

王愿坚写的《粮食的故事》就反映了汉湘鄂皖地区和陕甘宁地区的粮贸战线的同志们为开展边区粮贸工作，和地方武装的地主还乡团等反动势力进行斗争的事情。

1949年，财政部召开了第一届粮食会议，决定全国各地所收的公粮，全部交由中央统一调配，同时决定除军粮和其他必要支援外，公粮全部由贸易部调度。1950年4月，为了平衡全国的粮食供应，政府进行粮食调运。

父亲工作的大荔粮食公司、澄城县粮食公司以及黄龙贸易公司的运粮驮队经常活跃在平阳地区。父亲领导下的工作人员则源源不断地把平阳的粮食运到边区急需粮食的地方。

这一场粮食调运为新生政权的巩固起到了重要的作用。

6. 和平年代，父亲转战进油田

　　1954 年 4 月，父亲转业到陕西省西安石油地质局，任财务科长，1958 年 4 月，又调到青海油田，任财务处处长。此后，父亲在柴达木盆地的戈壁滩上奋战了 5 年有余。

　　调往青海油田前，母亲在地方贸易公司当营业员，来到青海后被分到机关秘书科、托儿所等单位工作，后来在党校进修 2 年。外公、外婆、三姨均随母亲在西宁石油办事处，单位给分了房子。随着青海柴达木冷湖油田的开发，我们举家搬迁到冷湖，母亲在冷湖新基地机关后勤被服厂工作，父亲在机关财务处任处长，忙于油田的勘探开发，当时苏联专家也在冷湖帮助指导，油田的员工经常和苏联专家在一起工作。

　　在茫茫的戈壁滩上，父亲抗风沙、战干旱，为大西北的石油工业发展尽心竭力、尽职尽责。父亲经常和苏联专家及其他技术员一起，调查成本预算、制定开发方案、划拨项目资金，为青海油田的开发熬尽了心血。

父亲的党性原则极强，尽管掌握着物资和财政大权，但公与私、情与法、利与义，他想得明白，划得清楚。1962年，当时在冷湖机修厂上班的二姨被精简下放回乡务农，面对这一突如其来的打击，二姨有些接受不了，就求父亲给有关部门打个招呼，关照一下。父亲委婉地拒绝了二姨和母亲的请求，说："国家有困难，当领导的必须自己要以身作则，不然怎么去要求别人。"父亲的心中只有一个准星，那就是党性原则。"党性"二字，在父亲眼里比什么都重要。无论什么时候、什么岗位、什么境遇，他始终牢记自己是党的人，坚守党性，公私分明。这样的作风，在外人看来似乎有些不近人情。事实上父亲并非是无情无义之人，相反，他是一个重情重义的人。多年来父亲对身边的战友关心备至，也从未间断接济老家的亲人。刚正不阿，持身以正，父亲身上的这种宝贵品质，影响着我们的一生。

1959年，大庆发现了大油田，石油部抽调全国各油田的队伍、设备支援大庆会战，冷湖也抽调了部分人力物力参加大庆会战。1963年，山东省北部地区也发现了大油田，9月，爸爸和青海油田的支援队伍奔赴山东参加华北石油大会战，我们全家也从青海来到了祖国的东部地区。

青海是我度过少年时光的地方，对那个地方，我心中有永不磨灭的无限深情。回想我在冷湖炼油厂当学徒工时，每逢星期天从家返厂，父亲都把我送到汽车上，叮咛我要尊敬师傅、好好学习技术。后来我转到刚刚组建的冷湖技工学校学习。当时学校的条件是十分差的，父亲和校长再三对我们说，要艰苦创业。

青海油田为祖国的石油工业的发展作出了巨大贡献，不仅为新中国成立初期生产出了宝贵的石油，而且为祖国各大油田的开发输送了大批人才、设备、技术。但是青海油田的储量毕竟有限，经过几十年开采，地下可采储量越来越少，20世纪90年代以后，青海油田机关搬迁到敦煌以后，冷湖逐渐平静下来。现在的冷湖只是一个从敦煌到花土沟油田的过路站。当年那座矗立在茫茫戈壁滩上的石油城，依然顽强地挺立在茫茫戈壁滩上，向过往行人诉说着往日的辉煌。父亲他们的办公室、篮球场、电影院、文化宫、机关医院、生活区招待所、简易商店，一切的一切，都已深深刻画在我脑海中，难忘的记忆永远也抹不去。欣喜的是，随着科学技术的发展，现在的青海油田又发现了新的油气田。愿老油田焕发出新的光彩。

7. 建设祖国，胜利油田大会战

1963 年，我们跟随父母从青藏高原来到了山东省北部黄河入海口的 923 厂，也就是后来发展壮大的胜利油田。

会战初期，条件十分艰苦。刚到时，没有房子，职工借住在农民的土坯房中，会战领导在老百姓的牛棚内办公。父亲作为财务处长，为了做好成本核算，经常骑自行车下基层、到井队，作调查研究，把财务资金用到重点项目上。回想当时，严冬到了，我们虽已住进了小平房，但取暖炉得用落地原油烧。父亲和我经常用筐抬，父亲总是不断地把筐往自己身边拉，完全不顾受过摧残的身体艰难地抬着。父亲啊，您的身上，不仅挑着工作的重担，还挑着关爱儿女的感情重担。

纷碎"四人帮"后，父亲是胜利油田第一个解放出来的领导干部，他身残志不残。在与病魔鬼斗争时，仍然关心着着胜利油田的发展，关心着石油工业的发展，时刻不忘财务战线的思想和组织建设。

父亲热爱本职工作，业务熟练，能统揽大局，处理问题果断。认真执行落实党的方针政策，在不同的历史时期，不同的地方，都能圆满完成各项任务。他严以律己，宽以待人，善于团结同志一道工作，生活朴素，没有架子。他常深入基层调查研究，与群众打成一片。在他病倒卧床期间，经常有领导和老同志来看望他，也常有基层的干部、群众来看望他，这时父亲就非常兴奋，与他们谈笑风生，忘记了病痛。在与魔鬼作斗争的 20 年中，他忍受了难以想象的疾病折磨，但他更难以忍受的是不能继续为党工作、不能奋身投入热火朝天的石油大会战的痛苦。我们能理解，对一个一辈子为革命奋斗的老干部来说，壮年躺倒，不能为党工作，其心中的苦恼可想而知。

父亲身材高大挺拔，长得阳刚帅气，而且是青海油田机关篮球队长，中锋打得很棒。联欢晚会上，父亲的一曲《草原上升起不落的太阳》，字正腔圆，激越嘹亮，他的歌声，博得了全场热烈的掌声。我为有这样的父亲骄傲、自豪。

8. 高风亮节，后人评说树口碑

　　我的父亲一直严于律己，宽以待人，处处以身作则：与周围的同志打成一片，不摆架子，不搞特殊；对落后的同志，给他做思想工作，鼓励他振作起来，为革命多作贡献。凡与父亲共过事的老同志都非常怀念他，父亲的口碑一直很好。

　　2016年11月中旬，一位曾经与我父亲有过接触的快80岁的李总工程师因房子装修事宜与我通电话时对我说：

　　　　你就是孔祥友的女儿啊，你爸是老革命，他人可好啦，深入基层，亲自作调查，虚心向群众学习，一点架子也没有。1964年夏天山东发大水，当时胜利油田第一次向广东茂名炼油厂输出原油，南辛店101油库每天要接收从油田拉来的140多车原油，为了核实每天进多少原油，出多少原油，卖多少钱，损耗多少，你爸带了两个人，在我们 101 油库工作了四五天。刚来时，在场的工人问财务处的同志他是谁，财务处的同志说这是我们的处长，是个老革命。他们三个人白天查计量，向工人了解情况，晚上核查报表到深夜 12 点，那时条件很差，晚上也没有固定住处，工人上夜班去了，你爸他们才到空铺上去睡觉。吃饭就在大食堂。我当时 27 岁，当技术员，你爸也经常问我情况，了解操作规程。几十年了，你爸认真踏实、平易近人的工作作风一直留在我的脑海里，真不愧是一个老革命。

无意中听到了李总工程师对往事的回忆，我心中久久不能平静。父亲啊，你身上的延安精神、抗大作风、老八路的革命精神一直在发扬光大。你生前与我们讲得很少，我敢肯定，在你战斗和工作过的地方，你的形象一定会留在无数人的记忆中。"真不愧是一个老革命"这一句普普通通的话，是你一个老共产党员用自己的行动而立在无数人心中的口碑，这是延安精神的口碑、抗大精神的口碑、老八路革命精神的口碑。

同样的事情也发生在张队长的回忆中。张队长在青海油田是司机，到胜利油田后是机关小车队队长，退休前为油田机关车管中心经理，处级干部。他的回忆是这样的：

我的老领导孔祥友离开我们已经快三十年了，他的革命气质，为人民服务的精神，关心群众、爱护群众，吃苦在前、享受在后的无数事迹，给我留下了深刻的影响。我当时是一个开车的司机，和他接触比较多，也可以说大部分时间和他在一起，他的为人值得我永远学习。他没有领导架子，工人、干部、炊事员都愿意和他开玩笑，有人喊他孔祥熙，他也不恼。1960年，当时生活非常困难，工人干部都吃不饱。管理局领导决定去花海子草原去打黄羊（那时国家还没禁捕），给工人和干部提供一点肉食。我开的车，连孔处长一共四个人。我们到草原后很顺利地打了不少黄羊，还有兔子。到第四天，车突然陷进了泥坑，大家用力推也没有把车弄出来，都着了急，孔处长钻到车底下，又是挖泥又是用千斤顶，弄得满身都是泥，大家都非常心疼他，不叫他干，他用的力却最大。没有办法，最后只好派一个人到50公里外的公路拦了个车到管理局汇报，局里派了个车把陷车拖了出来。其间我们在草原上等了两天，所带的已经吃完了，这两天只有四个干馒头。老领导不舍得吃，都叫我们吃，还鼓励我们要不怕困难，还讲了他们在延安吃不饱饭饿着肚子打鬼子的事。虽然我们两天没吃上东西，大家都很乐观。

我们的老领导对人民的生命非常珍视。记得1961年他去大柴旦开财务会议，我们车走到苏干湖，一辆解放车发生了重大事故，有一个人伤得很严重，随时有生命危险。老领导叫我开车立即把伤者送到阿克塞进行抢救，他拦了一辆去西藏的军车，一路站在卡车上，当时正是青海最冷的时候。我返回大柴旦见到了孔处长，他被冻感冒了。

爱护干部、对干部严格要求也是他作为领导的一个显著特点。青海油田管理局一个中层干部生活当中犯了错误，几次交代检查群众都不谅解，有的群众要求开除他党籍，有的群众要求撤销他领导职务。老领导当时兼任机关党委书记，他对此事非常重视，多次调查了解情况，弄清了事实，多次找该人谈话，让他认识自己所犯错误的性质，认真向群众作检讨，保证不再犯错误。老领导又召开座谈会，开导大家不要对犯错误的同志一棍子打死，取得了大家的谅解。事实证明，老领导的处理非常得当，该同志及时改正错误，努力工作，调到胜利油田后还当了处长，工作一直干得很好。

再一个是老八路的作风始终能在他身上体现出来。有件事我始终忘不了。一次，从北京开会回来，我们只能住在敦煌了，当时的敦煌招待所条件很差，在关帝庙有几间房子，招待所所长给联系到县委去住，老领导坚决不去。他说我们当年打游击的时候哪有房子住，在树底下抱着枪就睡了，我们国家现在有困难，能克服就克服。他为了油田开发，在青海油田组织人平整井场、挖管线沟；在胜利油田开荒种地，在这些突击任务中都走在劳动大军的前列。特别是胜利油田有几万亩地要组织人力开荒耕种，当时老领导的类风湿关节炎已经很严重了，但每次开荒都少不了他。

　　张队长还说，对老领导的回忆断断续续，不完整，但都是事实。

　　我深深地敬爱我的父亲，父亲也深深地爱着他的子女。我亲爱的父亲，你革命的一生、战斗的一生、光荣的一生，将铭刻在共和国大厦的基石上。我的父亲，你对我们的爱，你对我们的教育，永远铭刻在我们心中。

二、驰骋疆场的伯父

1. 投奔八路，一心一意打日寇

我的伯父孔祥仁是一个有血性的男子汉。1937 年，我祖父遭强人迫害致死，伯父咽不下这口气，到官府告状。恶霸地主串通反动政府把我伯父抓了壮丁，妄图置之死地。

1937 年伯父被国民党抓了壮丁之后，在国民党某军当兵，这支军队纪律很差，不但不打日本人，还对抗日的队伍下毒手，伯父看他们根本不是为穷人打天下的部队，就产生了脱离国民党军队，投奔八路军，走抗日救国道路的想法。1938 年 2 月，伯父听兄弟们私下议论，国民党部队要和八路军 358 旅打仗，放着日本人不打，却要打为穷人打天下的军队，真是岂有此理。伯父就主动和共产党人接近，商量着如何弃暗投明。在一次战斗中，伯父和他两个要好的兄弟一起投奔了共产党领导的冀中军区饶阳抗日四支队。

伯父投奔的四支队归属八路军第三纵队冀中军区。后来伯父被调入八路军第 120 师，在 359 旅 718 团当连长。359 旅旅长兼政治委员是王震，718 团团长是文年生，伯父从此与王震、与 718 团、与抗日结下了不解之缘。

1938 年 2 月中旬，120 师主力在同蒲铁路北段展开破袭战，攻占平社、豆罗车站，切断忻口至阳曲的交通线，接着狠狠打击了侵入晋西北的日寇，歼敌 1500 余人。6 月，根据中共中央指示，120 师部队向东、向北发展，伯父所在的 359 旅进入桑干河两岸，开辟以浑源、广灵、灵丘、涞源为中心的北岳区根据地。与此同时，独立第 3 支队在大清河一带打游击，当时父亲孔祥友就在第 3 支队，离伯父并不远，可惜兄弟俩互不知晓，没能见面。

1939 年 2 月，伯父所在的 120 师部队进行曹家庄战斗，歼敌 140 余人，进行大曹村战斗，歼敌 300 余人；3 月 1 日，进行黑马张庄战斗，歼敌 130 余人。4 月 23 日至 25 日，120 师主力进行齐会战斗，歼敌 700 余人。9 月 27 日至 30 日，在行唐刘家沟进行陈庄战斗，歼灭日军第 31 大队。

1939 年 4 月，八路军 120 师赢得齐会战斗大捷，共歼灭日军吉田大队 700 余人，取得了平原游击战斗中以外线速决打歼灭战的经验，树立了平原歼灭战的光辉范例，日本侵略者闻讯后惊叹：没有想到，八路军居然能打平原歼灭战。

1939 年 9 月，120 师和晋察冀军区相互配合，在灵寿县陈庄，经过 6 天 5 夜的激战，歼敌千余人。陈庄战斗成为晋察冀边区模范歼灭战之一，体现了八路军、地方武装和人民群众相互配合所产生的伟大力量。

2. 开荒种地，南泥湾里是模范

20世纪40年代，抗日战争进入相持阶段后，蒋介石调动了几十万大军，对陕甘宁边区实行了军事包围和经济封锁。1940年，蒋介石调集以嫡系胡宗南部为主的大批部队分驻在边区周围各县，形成五道包围封锁线（北边二道，南边三道）。为了对边区实行经济封锁，国民党政府在进出边区的大小路口，设立哨卡，严密监控，切断了边区同外界的一切联系，并采取各种办法干扰和破坏边区的财政经济。他们不准边区的农副产品向外输出，又禁止国统区的物资，特别是棉花、布匹、粮食、药品、火柴、通信器材等物资进入边区，违者以"走私"论罪，物资没收，货主法办。这不仅给伯父所在的部队带来了前所未有的经济困难，也给父亲所在的贸易公司为部队筹集给养带来了巨大困难。

在这样的危急关头，王震将军遵照上级指示，奉命率359旅7000多将士进驻延安南部的南泥湾地区开展大生产运动。

王震将军等首长走遍南泥湾地区，结合这里的山形地貌特征，多次开会研究开荒屯田方案，多次召开全旅指战员动员会，大家讨论方案的可行性。最后决定：统一管理，分散经营，大家动手，各尽所能。经营方针是：农业为第一位，工业和运输业为第二位，商业为第三位，其他如副业和小型手工业等，只要条件允许也不放弃。

1941年3月至1942年，伯父所在的359旅在王震旅长率领下，分四批开进南泥湾。

359旅717团率先开进了南泥湾。不久，其他各团及359旅旅部也进驻了垦区。中共中央和中央军委各直属单位随后也来到南泥湾参加垦荒。一时间，在南泥湾掀起了一个开荒生产的热潮，开展了著名的南泥湾大生产运动。伯父在王震旅长、王恩茂政委率领下，实现劳武结合，一面战斗，一面生产。各级党政干部也都积极投入大生产运动，和群众同甘共苦。

伯父在王震旅长、王恩茂政委率领下，负责开荒种地所用物资的筹集、供应、发放工作。伯父和他的战友克服重重困难，筹集了大批农具、工具、种子以及生活用品、军需物品，为南泥湾大生产运动提供了后勤保障。

伯父在战场上是一员猛将，在南泥湾大生产运动中也是个模范。

3. 粤北抗日，部队南下万里征

1944 年 11 月，八路军第 120 师 359 旅奉中共中央命令，改编为国民革命军第 18 集团军独立第 1 游击支队，由延安出发，经陕西、山西、河南、湖北、湖南、江西等省，于1945 年 8 月抵达广东省北部地区，执行在华南地区创建革命根据地的战略任务。在行军途中战胜了日伪军和国民党反动派军队的围追堵截，越过了山岳河流的险阻，克服了严寒酷暑和饥饿病伤的困难，辗转到达目的地。

根据计划，伯父被分配在平江游击队，任中队长。在平江近 40 多天的经历中，伯父领导的平江游击队分别在岳阳、临湘、平江一带建立发展抗日人民政府和抗日武装，奋战在粤汉铁路两侧、平江以西的地区，湘东北、鄂东南、赣西北地区，为开辟湘鄂赣革命根据地战斗。

但是，国民党反动派疯狂地破坏我军的计划。平江城陷入国民党反动派的包围之下，我军不得已于1945年4月15日撤出平江城，并将部队主力分散到岳阳、临湘、平江、通城和崇阳的广大地区内，深入发动群众，建立各级抗日武装。

根据原定计划和当时情况，南下支队决心在湘鄂赣地区创建根据地，然后逐步向南发展。遂将南下支队番号撤销，更名为国民革命军湖南人民抗日救国军（以下简称抗日救国军），将4个大队扩编为5个支队，并颁布了《国民革命军湖南人民抗日救国军司令部布告》，经中共中央批准，成立了湘鄂赣边区临时委员会。

抗日救国军挺进华南。湘鄂赣边区党委根据中共中央的指示，决定将第3支队留在临湘以东执行巩固鄂南发展湘北的任务，主力部队即刻向华南进军。

部队冒着江南酷暑，于1945年7月7日开始了向湘粤赣边区的长途进军。

这时，抗日战争形势发生了变化。美国向日本投掷了原子弹，日本被迫无条件投降。

8月10日，部队沿粤汉铁路南下，刚走到衡山附近的南湾一带时，收到上级当天发来的电报："苏军参战，日本投降，内战迫近。你们的任务仍是迅速到达湘粤边，与广东部队会合，坚决创造根据地，准备对付内战。"王震听到"日本投降"的特大喜讯，内心无比激动和兴奋，并把日本投降的消息传遍全军，使全体指战员欣喜若狂。

南下部队遵照上级指示，在欢庆抗战胜利声中，继续火速南进，至攸县地区时，受到国民党反动派的阻击；进至永新东北地区时，又受到国民党反动派的进逼。为了摆脱敌人的追堵、继续南进，乃转道东南，翻山越岭，冒雨行军，于8月17日进到八面山。敌人又集中了8个团的兵力围攻八面山。

我军面临的形势非常严峻。敌人占领了所有险要的通道，然后派兵前堵后追。部队进山后，随身携带的粮食早已吃光，指战员们饿得走不动路，只得采些菌子和野果充饥。

我军边走边打，受尽煎熬。8月18日，部队冒雨走了一天，走到一处茅棚停下来。

雨越下越大，伯父所在的前卫部队正在一条山沟里集合，王震来了，他头戴一顶斗笠，浑身是水，很久没有剃的胡须滴着水，两眼却射出坚定的光芒。他大步走到队伍前面，大声讲道："同志们，国民党反动派想把我们困死、饿死，消灭在这八面山里，你们说该怎么办？"战士们齐声回答："坚决打出去！""对，我们要打出去！"王震举起拳头，沉着而充满感情地说，"多年来，我们这些肩扛七斤半的人，历尽了人间的艰难险阻，牺牲了无数亲爱的同志，我们在走一条痛苦的血染的路，中国老百姓所受的痛苦都集中在我们这支队伍身上。这一切是为了什么呢？一句话，就是要使全中国的老百姓翻身！过去的斗争，已证明我们是中华民族的优秀儿女。哪怕环境再艰险，斗争再残酷，我们也要勇敢地杀出一条血路，我们也要坚持干到底的 。"战士们激动得热泪直流，受到了巨大鼓舞。

359 旅历时 659 天，转战于陕、晋、豫、鄂、湘、赣、粤、甘八省，共路经 100 多个县。这支部队冲过敌人的 100 多条封锁线，大小战斗共 300 余次，平均每两天打一次仗，其中较大的战斗共有 74 次，特别值得一提的是 1945 年 2 月 26 日，南下支队与日军在湖北阳新县三溪口的大畈战斗，全歼来敌，敌遗尸 400 余具，缴获小炮 7 门，轻重机枪 25 挺，步枪 300 余支。

但是，经过近两年的浴血奋战，伯父孔祥仁所在的部队很多战士牺牲了。伯父是幸存者，也是幸运者。新中国成立后，伯父每每谈起牺牲的战士就心情沉重，感叹幸福生活来之不易。

可惜伯父早早离开了我们，如果他还健在，将会亲自给我们讲述一部艰苦卓绝的南下革命史。

4. 山东扩军，伯父姑奶喜相逢

渤海区是抗日战争时期山东最大的平原抗日根据地，也是解放战争时期我整个华东战场的重要后方基地，为新中国的成立作出了巨大贡献。原渤海区下辖6个地委、专署、军分区，计55个县、市，总人口为1114万，许多老一辈无产阶级革命家都曾在渤海区工作和战斗过。解放战争时期，渤海区先后有近20万优秀子弟参军入伍，直到1950年5月，渤海区撤销。

王震率领的野战部队经过上百次大小战斗，部队减员很大，急需补充新的兵员，就向中央提出到人口稠密的山东扩军，并很快得到了中央的批准。于是359旅以719团为主、718团为辅，抽出团、营、连、排各级干部321人到山东渤海扩军，计划组建一支兵力万人的旅级部队，我的伯父孔祥仁也在这批干部之列，被任命为连长兼政治指导员。

新部队组建后，开展了大练兵运动。渤海军区教导旅从359旅抽调来300多名干部作为骨干。因此，大多数的连队只有连长是老兵，连队的其他干部都由新兵担任。这是一支非常年轻的队伍，全旅排以上干部中29岁以下的占78%，这也是一支非常单纯的部队，没有"老兵油子"，但是也没有战斗经验。成员绝大多数是刚刚分到土地的翻身农民，为了保卫来之不易的胜利果实，扛起枪，走上了西征之路。部队经过几个月的训练，军政素质明显提高。

当时我的伯父在庆云驻防，起早贪黑组织连队练兵。一次因事路过家乡，把自己在山东庆云的消息托人告诉了我的姑奶和叔叔。我的叔叔孔祥福、姑奶孔淑贞得到消息后喜出望外，急切地商量着要去看望失散多年的亲人。1947年的春天，姑侄俩从饶阳出发，一路奔波，历经千辛万苦直奔庆云，去见当连长的伯父。三人见面，悲喜交加。姑奶一边流泪，一边诉说家族的悲惨遭遇，叔叔也诉说了自己苦难的童年。因时局紧张，不便久留，临别之际，伯父考虑到姑奶长途跋涉，小脚行走不便，用自己的津贴买了一头毛驴作为姑奶的脚力，他们二人高高兴兴地返回家乡，叔叔逢人就讲"这是在庆云当连长的哥哥给买的"，言语中掩饰不住兴奋与自豪。

1947年10月5日，伯父随部队从庆云县出发向西北开进，同年11月抵达河北省武安县后，渤海军区教导旅由华东军区移交给西北野战军部队。

部队移交后，渤海军区教导旅更改了番号。1949年11月，这支部队进入新疆，伯父在新疆焉耆、库尔勒等地一边屯垦一边剿匪，一直战斗在建设边疆、保卫边疆的第一线，此乃后话。

5. 攻打榆林，伯父负伤遇父亲

1947 年 8 月 6 日至 12 日、1947 年 10 月 27 日至 11 月 20 日，彭德怀率领的西北野战军先后对陕北重镇榆林发动了两次攻城战役。这是两次撼天地、泣鬼神的战役，是国共两党最高统帅都密切关注的战役，影响着解放战争的进程，意义非凡。

8 月 6 日晚上，西北野战军对榆林的战斗打响了，我军向敌人发起进攻，经过日夜猛烈的战斗消灭了敌人外围武装后一直挺进到榆林城下。

上级把主攻方向定在了城南门的凌霄塔。战前伯父和战士们挖了一条暗壕，直通敌人的城墙下面，其他旅也都挖了暗壕，准备用炸药把城墙炸倒，然后在炸出的六个突破口上进行突击。在伯父和战士们期待的目光中，榆林的城墙下面响起了6声炸雷一样巨大的爆炸声，尘土扬起了几十米高。等爆炸过后，满天飞扬尘土都落下来的时候，伯父惊讶地看到十几米高、用青砖和大石头砌成的榆林城墙完好无损，只是被炸掉了一层皮，因为我军计算失误，这次爆破并没有取得预期效果，预计的6个突破口一个也没炸开。

我军英勇的战士们并没有因为城墙没有炸开而停止攻击，在有限的火力掩护下依然对榆林进行强攻，枪炮声像狂风一样裹住了榆林城，只见榆林城下几百米的开阔地上突然出现了无数的西北野战军的战士，抬着云梯，在呐喊声中向城墙冲了过来。城墙上的敌人惊恐地吼喊着，把浸过油的棉被、衣服等一些燃烧物从城墙上面扔下来，有的还把成桶的汽油都倒了下来，这一天火光包围着榆林城。

城下西北野战军的战士们在火光的映照下被看得清清楚楚，守城的国民党士兵拼命用各种武器对城墙下的我军战士进行射击，并且把密密麻麻的手榴弹从城墙上扔下来，手榴弹在城墙下面遍地开花。战士们成片成片地被敌人的火力打倒，竖在城下的梯子被敌人的手榴弹一个接一个炸折，付出了惨重代价。看到自己的战友伤亡这么大，伯父眼睛都红了，拼命地对敌人城墙上的火力进行压制射击，枪管子都打红了，只是火力有限，没办法对敌人的火力进行有效压制。攻击一直持续到快天亮的时候才停止。

天刚刚亮，敌人在城内的重炮群开始了猛烈的轰击，炮弹发出让人心惊胆战的怪叫声，天上还出现了几架红脑袋的小飞机对我军阵地进行疯狂轰炸和扫射，顿时，阵地被炸得面目全非，战壕大部分被炮火摧毁，有的战士被埋在土里没有爬出来。在炮火的掩护下，榆林城内的敌军开始反扑。

狭路相逢勇者胜。西北野战军虽然武器不行，弹药不行，粮食也不行，但是他们的勇气是无可匹敌的，敌人的攻击部队慌乱了，掉头就跑，丢下满地枪支弹药。战斗中伯父头部负伤，鲜血流了满脸，但他毫不在意，继续追赶溃退的敌人。突然，有人大喊："大哥！大哥！"伯父猛一回头，看见了正在战场上清理武器和押送俘虏的弟弟，哥俩见面紧紧地抱在了一起。伯父说："兄弟，你怎么在这里？"父亲看哥哥满脸是血，就急切地说："大哥，你伤得怎么样？"伯父忙说："不碍事，不碍事，你也要注意自己，子弹不长眼睛。现在战事太紧，我还要继续追击敌人。"说完伯父便急匆匆提枪向前赶去。

父亲看见哥哥远去的背影，不觉流下泪来。在榆林战场上意外见到哥哥，使父亲悲喜交加，但残酷的战争不允许兄弟诉说亲情，只能把无尽的思念深深藏在心底，为了全民族的解放奋斗在各自的战斗岗位上。

第一次榆林战役，西北野战军消灭榆林守军3000余人，毙伤2000余人，解放了榆林周边广大地区。

1947年10月，伯父孔祥仁又参加了第二次榆林战役。

14日下午5时，我军包围了敌军一部，主力向敌军阵地进攻，双方使用武器对射，后用刺刀、铁锹、镐头厮杀，伯父背上多处被铁锹砍伤，腿上3处挂彩。但他仍然以超人的毅力坚持战斗，战至15日，给敌军以重大杀伤。16日，国民党军第 18 师主力绕路继续援榆，西北野战军遂决定撤围榆林。此役，西北野战军共毙伤俘获国民党军 6800 余人，野战军伤亡 4300 余人。

至此，西北野战军对榆林的第二次攻击作战正式结束，部队付出了重大代价。但榆林城的国民党军元气大损，只有守城之力，再也没有力量向解放区进攻了。

第三次攻打榆林时，正处于新中国成立前夕，1949 年 6 月 1 日，驻守榆林的国民党军正式宣布起义，解放军和平接管榆林。榆林是陕北最后解放的一个县城。

6. 韩城之战，弹片刺入伯父胸

1947 年 10 月 4 日，西北野战军决定，由王震、王世泰两位司令员率领部队，开辟黄龙山区工作，9 日，确定以急袭之势歼灭守韩城国民党军队。

在这场战斗中，一颗炮弹在伯父身边爆炸，一块弹皮刺进了他的胸腔，打到了心脏边缘。由于医疗条件有限，这块在韩城战斗中打到心脏边缘的炮弹皮一直没有办法取出，造成伯父心脏功能受阻。经常发炎高烧，折磨了伯父一辈子。

这场战斗俘虏国民党军队 300 余人，一次解放了韩城，并控制了芝川镇、禹门口等黄河重要渡口。

7. 三打运城，子弹穿透伯父肩

伯父在解放韩城的战斗中负伤后，稍事医治，返回部队，接着又参加了攻打运城的战斗。

在这次战斗中，伯父和他的战友们越过突破口进城，与敌展开巷战。激烈的战斗进行了一整夜，伯父伤痕累累，一颗子弹从左肩前面穿入后面穿出，给伯父留下了永久的伤痛。随后，城内守敌4000余人由盐池突围，一股向平陆、一股向永济方向逃窜。拂晓，向平陆突围之敌被独3旅歼灭、向永济突围之敌被独4旅12团全部追歼。1955年，伯父获得"独立自由勋章"一枚。

运城战役后，晋南广大地区除临汾一座孤城尚被敌占领外，其余全获解放。

8. 王震入疆，伯父扎根在边疆

　　解放了长武、彬县、永寿、灵台、崇信、麟游、扶风、岐山、凤翔、咸阳、宝鸡以后，伯父随部队短暂休整，西北野战军主力集结于石堡、韩城地区整训，然后准备向西进发。在此后的时间里，伯父先后参加了澄合战役，荔北战役、陕中战役、扶眉战役，随后，中国人民解放军挺进西北，取得了解放兰州、西宁的胜利，直叩新疆大门。

　　1949年10月10日，解放军进入新疆，伯父随王震一行9人，乘坐飞机从酒泉飞抵迪化（今乌鲁木齐），从此开始了新的战斗征程。

　　建设边疆需要大批干部，伯父先后在部队和地方上任职，为建设边疆奋斗到生命的最后一刻。

　　伯母邵云凤是1948年入伍的老革命，参加过淮海战役

（在南京野战二医院当护士），1949年在上海、浙江、江苏、安徽等地参加了渡江战役。渡江战役胜利后，女兵集中在上海、南京、扬州一带，总数达10000多人。后来我的伯母和这批女兵一起，坐车经天水进入新疆，伯母在北疆后勤部军区总医院妇产科当护士长。伯父和伯母在这个时期在王震的安排下结下了美满的姻缘。

9. 戎马一生，英名永存天地间

　　1951 年，伯父高烧不退，发烧 3 个月，上兰州医院医治，受当时条件所限，只能保守治疗。

　　1967 年春天，身为全军二级甲等残疾军人的伯父，因弹片多次感染心脏，被新疆军区送到了距离我外婆家仅 8 里地的洛阳市白马寺全国残疾军人疗养院。正好那时我住在河南偃师棉花厂的母亲那里，我听到消息后，匆匆到疗养院去看望多年未见面的伯父。

　　当我突然出现在伯父面前的时候，一身军装、威武的伯父高兴地把我迎进屋问长问短，问我母亲在偃师工作生活可适应，我外婆她老人家可好。我如实相告。随后伯父要我陪他去看望我外婆她老人家。我高兴地陪着伯父走在通往外婆家的路上。不知不觉来到了寨后路口，向北走一条下坡路就进了村。村里认识我的叔叔、大爷等就问我："晓兰,你领的人是谁?"我骄傲地说是我的伯父。看着伯父穿着一身军装威武地走在寨后的乡间小道,乡亲们都很敬重。不知道谁去通风报信,外婆和三姨都连忙在回家的路上迎接,乡亲都在传告:"啊,晓兰的大伯来看她外婆了。"年近65岁的外婆赶忙拉着伯父伸过来的手,说道:"应该我去看你的,怎么你来看我呢?"寒暄过后,伯父给了外婆一些钱,嘱咐我们小辈给老人家买点合适的东西替他表表心意。伯父让三姨带着我们上了邙岭坡,来到外爷坟前,然后又像我父亲一样在我外爷坟前三鞠躬,嘱咐我外婆要注意身体,在外婆的再三挽留下告别了我们,回到了白马寺残疾军人疗养院。

"文化大革命"结束后,伯父因身体原因被调入新疆维吾尔自治区的煤炭管理部门,在煤炭分配运销处任副处长。伯父有把位子让给年富力强的同志的想法。河北省饶阳县孔店村是生他养他的地方,他向组织提出想带着伯母和九个孩子离开边疆回河北老家去。上级同意伯父退休调往河北保定安家,伯父伯母听到这个消息十分感谢领导对他们的照顾。戎马一生,终于可以回到少年就出走的苦难家乡了,终于可以和三弟团聚了,终于可以和近在山东东营胜利油田的已残疾的二弟见面叙旧了。苦难的三兄弟终于可以围聚在父母的坟前缅怀他们、告慰他们了。谁知由于情绪过于激动,伯父因心脏病发作,于1983年6月8日凌晨2点57分去世,终年62岁。这突如其来的打击使伯母和九个儿子痛不欲生,伯父的领导、战友、同事们为他的去世悲痛哀悼,开了隆重的追悼会。

1947 年韩城之战打到伯父心脏边缘的弹片，直至 1983 年伯父去世火化后才现了原形。他的骨灰和弹片安葬在新疆乌鲁木齐烈士陵园。

伯父的妻儿也留在了乌鲁木齐。他在战争年代获得的四枚勋章和残疾军人证留在了亲人手里。每当看到这些用生命和鲜血换来的勋章，就仿佛看到伯父穿着军装出现在硝烟弥漫的战场上。

他戎马一生，驰骋疆场，他的英名永存天地间。

跌宕起伏的家庭往事

一、母亲的悲欢离合

1. 走向革命的道路

1929 年 11 月 7 日，在中原大地洛阳偃师县寨后村里，一个顽强的生命诞生了，这就是我的母亲赵群。当时中国处于内忧外患中。外爷家境十分贫寒，在我外婆连生 11 个儿女仅存活 3 个女儿的情况下艰难度日。

1942 年中原大地遭受百年未遇的大旱，蝗虫四起，庄稼颗粒无收，灾民四处逃荒。面对饿死人的年景，外爷一根扁担挑着全部家当，带着小脚的外婆和 13 岁的母亲，一路逃荒，靠打铁和要饭，一直走到陕西省淳化县的安子洼投奔自家兄弟，靠打铁艰难养家。

由于外爷打造的农用铁器物美价廉，四方农民喜欢用他打造的镰刀锄头等，他们总算在安子洼站住了脚，并在 1944年生下了我的三姨西妮。当时中国还处于外有日寇，内有国民党反动派的战争年代。母亲被陕甘宁边区的革命思想影响而有了跟着毛主席翻身闹革命、当家做主人的强烈愿望，并在同村好友的介绍下认识了当八路军的父亲。

1945 年秋天，母亲借着到地里捡棉花的机会托人给父母留下话："我走后就不要找了，我会回来的。"从此，母亲跟着一名八路军战士——我的父亲参加了革命。急坏了的外爷外婆通过四处打听也大概知道了女儿的下落。1946 年的某天，母亲骑着父亲牵的骡子，抱着在马栏出生的我（当时取名叫孔马栏，后改名叫孔晓兰）回到了淳化县。当看到参加八路军的女婿和女儿，又见到了招人喜欢的外孙女，两位老人悲喜交加，由对父亲的不依不饶转而默认了这门亲事，所提的条件是：老人没儿子，父亲必须给两个老人养老送终，父亲一口答应了。

从此母亲在父亲的熏陶下，在艰苦的战争年月里，跟着父亲转战在陕北的山山水水中，为保卫延安，和胡宗南部队周旋在深沟大壑中，经历了生与死的洗礼，在身上留下了永久的伤痕。战争年代里，母亲是一位真正的革命战士，并在1948 年光荣地加入了中国共产党。陕西的很多地方都留下了她的足迹。1949 年前后，母亲力所能及地从事一些粮食和贸易的工作。1950 年腊月，母亲在澄城县生下了她和外婆渴望已久、能顶门立户的男孩——小名牛子的孔令成。1953 年，母亲在西安解放路和平门 48 号大院生下了非常漂亮的妹妹，她小名叫小毛，大名叫孔晓秦。

2. 感情危机的伏笔

　　我的母亲是一个爱父母、妹妹、家乡胜过丈夫和儿女的人。在青海西宁工作时由于工作繁杂无法照顾我们兄妹四人，而把远在老家的父母和两个妹妹统统接到西宁来生活。随后，二姨在冷湖机械修理厂当了工人，全家九口人共同生活，这是一个多么大的三代人家呀。父亲整日忙于青海油田的初期开发，奋战在茫茫的戈壁滩上，虽然同在青海省，但从西宁到冷湖油区开汽车单程就要四天。父亲忙于工作无暇顾及这个家，母亲则忙于机关秘书科的后勤工作和托儿所的管理工作，并在党校进修学习。

　　年迈的外爷外婆带着刚出生的小弟和多病的三姨操持着这一家的吃喝穿等，日子确实过得很辛苦。为了减轻家庭开支，外爷自制了一个小推车到车站给人拉脚挣钱贴补家用。

每当父亲从油区回到西宁，看到的总是两个老人的操劳和孩子们的吵闹，把倔强的母亲搞得满腔怨怒，于是父亲得到的温存也越来越少，很难吃到一顿可口的饭菜。

我记得小时候每当爸爸回家，我都高兴地拉风箱烧火，爸爸掌勺炒的菜是我们最喜欢吃的。短暂的团聚时常伴着争吵，他们总有不太愉快的事情发生，母亲没有意识到后果，这为她和父亲的感情危机留下了伏笔。

父亲决定把我和大弟送到青海省保育小学住校，以减轻两位老人的负担。此学校后改名为牧业区干部子弟小学。

在后来的岁月里，爸爸又为外婆买好了上等的寿材。每当我回到外婆家，外婆总是抚摸着她的寿材对我说："晓兰，这是你爸孝敬我的，虽然他和你妈离了婚，我不怪他，你爸是好人。"

1961年外爷去世，已和母亲离婚的父亲得知后特地请了假，匆匆从青海赶到河南偃师寨后村，在外爷的墓前伤心掉泪并三鞠躬。他做到了为两位老人养老送终。

3. 婚姻的破裂

　　二姨曾经对我说过："你妈不是一般人，她是一个很有主见的、个性很强、胆子忒大的女人，不然不会不吭气就敢跟你爸走了。"

　　母亲不认同相夫教子的传统道德，一心要顶起娘家一片天，把对父母和妹妹的爱置于夫妻的感情之上，多年的摩擦终于导致了婚姻的破裂。虽然母亲开始不愿离婚、拆散这个家，并拒绝在大柴旦法院的判决书上签名，但在各种压力下终于还是和父亲离了婚。爸爸妈妈呀，战争年代没有摧毁你们的婚姻，你们艰难地走到解放，因为你们的爱情，有了我们四个孩子，日子好过了你们的感情却出现了裂痕。对于父母这段婚姻，女儿猜不透父亲的心思、母亲的苦衷。有什么过不去的坎坷能胜过对子女的爱？为了我们，你们就不能放弃你们的恩恩怨怨吗？这是我作为大女儿所不能理解和不能原谅你们的。你们离婚给我们四个孩子造成了多大的伤害呀，给以后的生活中添加了多少难以解开的矛盾呀。

面对外界的说三道四，别有用心之人的钻空子，母亲的哭泣，父亲无法对答孩子的责问，而总是拉着我的手说："兰儿，爸爸有许多心里话要对你说，现在你不明白，将来我会告诉你的。"但是我长大了，成了家，父亲你并没有告诉我为什么，你也无法告诉我为什么，只是我好像明白了你的为什么。爸爸走这一步是走错了，一步走错，步步是错。

一时激动下离婚的父亲也曾再三对母亲讲："等我们双方都冷静下来考虑一段时间后，按着孩子们的要求，我会考虑和你复婚的。"母亲听了似懂非懂，带着幻想开始思考后来的人生。

4. 错误的决定

母亲离婚后，面对领导的无奈、群众的议论、孩子的安排以及和父亲见面的尴尬，十分痛苦地决定调回老家工作。几位领导的爱人都反复劝说母亲：老赵啊，虽然离了婚，你就在老孔的眼前工作，不要回老家，时间长了双方都会后悔的，会看在多年夫妻的情分上，看在有四个孩子的分上会复婚的。如果你脱离了石油单位，走了就天高皇帝远了，男同志找不找就很难说了。母亲却因为惦记远在河南的父母、妹妹而听不进姐妹的劝说。留在青海继续为祖国的石油事业奋斗，还是回家乡工作？当年母亲也反复思考过这个问题。但看到绝情的丈夫，母亲总不由自主想起在家乡的慈母和任劳任怨的父亲，以及小妹妹的顽疾。

面对恶劣的青藏高原的气候，母亲想念中原大地的人烟稠密和繁华文明；看到寸草不生的高原，母亲想念家乡的麦田滚滚，田野上耸起的许多古陵和山坡上起伏的窑洞。回到十三朝古都的家乡洛阳是母亲向往已久的事，她怀念故乡的亲人，和父亲的这道感情坎她实在迈不过去，必须离开这块使她伤心欲绝的荒漠，带着离婚后的悲伤和子女回到家乡去工作。

母亲执意不听领导和姐妹们的劝说，看着工作多年的冷湖油田被服厂成排的缝纫机，面对堆积在车间内为前线工人赶制的过冬棉工作服、棉手套以及帐篷等，母亲掉泪了。她舍不得经常工作过的地方，但这是无奈的选择。

母亲带着满腔的悲伤，带着四个儿女执意离开了自己曾经奋斗过的石油单位。消息传到父亲老家河北，为了使哥嫂重归于好，叔叔从河北来到河南做母亲的工作，每次都恳谈很长时间，我经常睡醒一觉后还看到叔叔在灯下请求母亲原谅其兄。

在新疆的伯父伯母因这件事和父亲关系搞得很僵，曾扬言离婚让孩子受委屈就不认这个兄弟。但各种努力均无济于事，到底是以离婚收场。

虽然父母离异了，但毕竟是战争年月走过来的结发夫妻，他们俩的感情是深厚的，作为大女儿的我是看得出来的。"文化大革命"初期，父亲任胜利油田财务处长，而胜利油田财务处造反派们两次到河南偃师找母亲取证，让母亲揭发父亲的经济问题，母亲断然拒绝了造反派无中生有的险恶要求。并说道："孔祥友虽然在感情上伤害了我，但他对党的经济工作，无论是战争年代还是和平年代都是兢兢业业、奉公守法的。有一次我从公司拿了一块红布回家就让老孔狠狠批评了，他让我送回公司并要我做深刻检查。我是了解他的为人的，这方面他是无可挑剔的。"

河南的风俗是亲人去世三周年时亲朋好友要相聚做守孝三年最后的祭奠，但作为常年在石油单位工作的我是不懂的。1990年的晚春的某一天，母亲在我家来回走动，脸部表情沉重，半天不说话。过一会儿对我说："你不买只大公鸡祭拜你爸吗？大公鸡能辟邪，你爸在那边遇上难处这公鸡会帮助他的。"不信鬼神的我听后不以为然，母亲叹着气再也没说什么。2011年正值母亲过世三周年，猛然回想起1990年的春天母亲向我提议买大公鸡那天不就是4月30日吗？那天不正是爸爸去世三周年的日子吗？从这件小事上我体会到了母亲对父亲的思念和关心，她只是不愿意明显表达出来罢了。

为了让在油田钻井东边不远的陵园存放了近20年父亲的骨灰入土为安，我们做子女的花费了35000元在新建的嘉盛陵园买了墓地，立了碑，把父亲的一生经历简短地刻在了石碑上。在给父亲的骨灰下葬的那天，叔叔的孩子孔永红也来了，我和他把母亲拉到墓地。母亲目睹了父亲下葬的全过程。我悄悄地问母亲："过去您和爸爸吵架的时候说过你和我离婚可以，但你死后必须和我埋在一起。等您走后我就把您葬到爸爸身旁，可以吗？"母亲佯作生气，板着脸说："人都死了，你们愿意怎么葬就怎么葬吧。"我知道母亲是默许了。2008 年 6 月 19 日，母亲在偃师中医院去世，我们三个子女把母亲的骨灰捧到了嘉盛陵园，了却了母亲的夙愿，就让父母在那个世界好好沟通吧。也不知道父亲的第二任妻子刘妈知道否，但她也给我讲过，她的骨灰将来要撒在锦州的女儿河里。安葬了母亲之后我偶尔也听到一些议论，我在路上碰到老书记，就此事征求他的意见。老书记说："你父母合葬这事做得很好，毕竟是战争年代走过来的夫妻。你母亲离婚后又孑然一身，将来我到那个世界会给你爸做工作，让他们和谐相处的。"

父亲是因为肺血管老化破裂窒息而突然去世的，家中对后事一点准备也没有。看到父亲的遗体，我拿出了压箱底的纯棉线毯为父亲赶制褥子，弟弟们买来寿衣，父亲是穿着极其俭朴的衣服走的。当时胜利油田的领导对父亲的去世十分难过，在财务处主办的追悼会上，油田的 13 位领导出席了追悼会。鉴于父亲这种突然发生的情况，我决定为母亲买最体面的寿衣，1990 年在天津花 250 元买到了做工十分考究的寿衣。10 多年后母亲去世，打开包裹，高档的寿衣却被神不知鬼不觉地给别人偷偷换了，换成了市面上粗针大脚的低档寿衣。谁人所为？我十分悲伤愤怒。

5. 三年困难时期

1960 年离开冷湖油田的母亲带着省吃俭用半辈子积攒下来的 3000 元钱，领着四个子女，拿着青海开的调令来到郑州办理调动手续，省委组织部把母亲的调动转到洛阳专区，洛阳专区又把母亲的关系转到洛阳市的偃师县，初为偃师县妇女主任，后又调到偃师棉花厂，这是母亲万没想到的结果，不过，她终于回到了生她养她的老家。

当母亲拿着省吃俭用而攒下的 3000 元上银行存钱时，银行的工作人员惊呆了，随后就传出从西部调来的赵群很有钱的说法。在 20 世纪 60 年代的生活困难时期，3000 元是个什么概念呢，按当时的物价，盖起一栋小楼，再买一头驴，还有剩余。这笔钱帮助家里奉养高堂，为三姨治病，招女婿，立赵家门户，盖房生子，多年以后又为三姨的孩子海海和江江的创业提供了资金保障。

如今这笔钱早就花得荡然无存，母亲由很有钱的下放干部赵群变成了靠国家发放养老金的老赵，在不断接济老家穷亲戚的状态下过着精打细算的平凡日子。

20世纪60年代，作为刚调入地方的下放干部，母亲在槐庙公社蹲点时，每天八两粮补，根本抚养不起四个子女。

我在偃师四中上学的每月24斤定量也补贴不了多少给弟妹吃。每当放学后，我拎着三舅爷送给我们的像电影中李玉和拎着的那种饭盒，里面装着自己在学校省出来的窝窝头和比较稠的糊糊赶紧下坡往家里奔。饿昏头的弟弟抢光了我带回的窝窝头，看着母亲浮肿的脸上无奈的表情，我责问弟弟为什么不给妈妈留点，十岁左右的弟弟竟开口骂我。在工资较高的父亲身边长大的弟弟们以前是被捧在手心里的宝贝，以前要被哄着追着才肯吃饭的弟妹们还真不适应那突然而至的饥饿。

为了改善孩子们的营养状况，母亲下定决心领着我们去郑州，去大饭店补充一下营养。在开往郑州的火车上我又和三姨为了一点小事发生争论，母亲对三姨的祖护让我对三姨的积怨增加了。车轮子在铁轨上飞快地转动，我产生了不去郑州而跳车回家的念头。这可吓坏了母亲。她把我拖回了车厢，再三劝说才使我平静下来。这时候母亲才敢上劲说我："早知道你这样，早该把你扔在窑洞里不捡回来，省得现在气人。"我反击道："谁让你们捡回来的，活该。"火车上不愉快的插曲随着郑州车站的到来告一段落，下车后母亲领着我们一帮人找了个比较像样的饭店吃了一顿，这顿饭花费了母亲一个半月的工资，45元钱。看到我们狼吞虎咽吃饱了肚子后高兴的样子，母亲开心极了。

母亲知道我经常在太阳下看书而眼睛近视了，随后就带我到眼镜店给我配了一副粉红色镜框的眼镜，戴到脸上实在不咋样。多年后，有次我戴着父亲在北京为我配的眼镜，满意极了。父亲笑着说："你妈以前不是给你配了一副粉红色的眼镜吗？什么审美水平，像耍猴者。"我听了不好意思地笑了。母亲在梳妆打扮上确实是外行，是一个衣着简单、粗粗拉拉的人。

20世纪60年代，石油部要求部分职工从西宁市搬到柴达木盆地的冷湖油田基地。早期创业的石油工人住的是帐篷，青海沙漠的冬天寒冷如冰窖而夏天像火炉，绝对不是中原地区老人所能忍受的。所以父母离婚后，母亲的娘家人处理完西宁的财物后回到了偃师家乡。

谁知多年未归的祖屋已成为大队的集体食堂，外爷清理了窑洞，从西宁回来的一家人总算有了安身之处。为了孩子们的成长教育，母亲忍痛割爱，又把法院判给父亲的大弟和妹妹送到了青海冷湖油田。

父亲在繁忙的工作中根本照顾不了两个孩子。恰逢父亲在一次生病住院时得到了住院大夫刘翘的精心治疗和关心，互相有了了解和认识。刘翘长得漂亮，又温柔又有文化，这是我母亲赵群所不能相比的，也是爸爸渴望追求的对象。在大家的撮合下，不久，他们就在机关的小礼堂举办了婚礼。

父亲给我们找了个新妈妈。父亲的再婚使母亲的人生发生了根本的转变。

母亲的单位属于地方政府而工资待遇不如石油企业的好。我清楚地记得有一天母亲拿到给患浮肿病的下放干部的营养费，她把营养费换成了一只老母鸡，高兴地对我说："晓兰呀，今天是星期天，你回外婆家把这只鸡让外婆和三姨吃了后补补身体吧。"听到母亲这句话我哇的一声哭了出来说："妈，爸爸已经和别的女人结婚了。""什么？"母亲惊呆了，半天说不出话，然后气得变了腔调地说："怪不得半年多他不给你们寄生活费，这是真的吗？"我拿出了二姨给我的信，证实了消息的可靠性。

母亲二话没说扔掉扑腾乱跳的母鸡去请假，然后带着我和小弟坐火车直奔青海冷湖油田。当我们长途跋涉了四天来到冷湖油田机关时，爸爸上北京开会刚走两天，母亲住在了机关招待所，面对曾经的同事们伤心欲绝。不懂事的大弟兴高采烈地用盘起的腿玩撞人的斗鸡游戏，花朵样的妹妹在开心地和同学跳皮筋而无暇理我们，那个新妈妈刘大夫也锁上她的新房扬长而去。

这一切激怒了我，在同情我母亲遭遇的阿姨怂恿下，我拿着她提供给我的撬门撬锁的工具撬开了爸爸结婚的新房，搬走了收音机和皮箱，拆掉了被子上的缎子被面，把这些东西统统搬到招待所妈妈住的房间，母亲抱着我和小弟失声痛哭。母亲等不到父亲返回，只好一个人回河南，送走了母亲后，我和小弟也留在了爸爸身边。父亲开完会回到冷湖没指责我，从此我们姐弟妹四人和父亲以及新妈妈生活在了一起。

为了能让父母复婚，我和新妈的斗争从此也拉开了序幕，我从一个被爸爸宠爱的娇娇女变成了让他们头疼的、浑身是刺、很难接纳的孩子。回到河南的母亲彻底地抛弃了对父亲的幻想，把抚养教育四个孩子的担子压到了父亲肩上。从此母亲把她在石油单位奋斗的经历深深地埋在心灵的深处，全心全意地投入到为家乡的建设中，把孝敬外婆、为妹妹治病的担子揽在了自己身上。热心的同事劝母亲重新组建一个家庭，并给她介绍了一个长得清瘦的人，这人我曾见过，但我又能说什么呢。母亲想到离异给四个孩子造成的伤害，将来孩子回偃师，如有继父，怎么相处，所以断然拒绝，终身不再考虑个人问题了。

随着大庆油田和胜利油田的陆续发现和开发，青海油田的职工大批奔赴大庆油田和胜利油田，我看着技校各个宿舍堆满了发往大庆萨尔图和山东淄博的行李。冷湖技工学校也停课了。我趁机回到河南妈妈身边度假。过了一个月光景，在冷湖的父亲托人发来电报，让我如期赶到西安解放路和平饭店和父亲汇合，爸爸和许多叔叔阿姨调到山东东营广饶农场（为保密，借用农场名字）。

从新中国的大西北调到山东真是太好了。1963年9月上旬，妈妈送我去西安和爸爸见了面，父女见面，共去山东，我自然十分高兴。妈妈则满腔怒火，找父亲算账来了，一场战争在和平饭店打响了。母亲虽然出了气，但影响很不好。妈妈愤怒地控诉，吓得我们不知所措，收场也是因母亲筋疲力尽而无可奈何地承认现实。随后我们送走了满腔凄苦的母亲，登上了开往徐州的火车。

到徐州时天下着大雨，父亲给我们买来了雨鞋和伞，这对于在世界最高的少雨的青藏高原上生活久了的人是多么快乐的事，弟妹们穿着透风鞋（凉鞋），打着伞，在雨里跳呀蹦呀，快活极了，吃上了在冷湖油田难得吃上的新鲜蔬菜和海鲜鱼肉也真是开心极了。在开往淄博张店的火车上我们看到许多农村的大娘大嫂拿着卷着大葱的东西往嘴里送，奇怪地问爸爸："他们怎么吃油布呀？"同车的叔叔阿姨笑着说这是山东煎饼卷大葱，可好吃了。车上的山东大妈从包里拿出一张煎饼让我们这些从高原来的孩子品尝，甘香的煎饼入口，嘎巴嘎巴，真好吃。一路欢笑早忘了西安父母的争吵和纠纷。

第二天一早，火车到了张店，广饶农场招待所的所长接待了我们，休息片刻后坐上了拉我们的大卡车一路向北驶去。路过了全是土坯房的广饶县城后，面对白花花的盐碱地和一片片的水洼地，偶尔看见骑在毛驴上穿着大花裤子梳着髻的庄户人媳妇和赶车的家人，一切都是那么的新鲜和高兴，终于到西营了。我们被安排在财务处的办公平房里，其他人则住进了东营村、西营村和辛店等处的老乡的平房里。过了不久我就和大弟随其他孩子到张店的淄博五中上学去了。

6. 母亲和孩子两地分离

　　母亲虽然狠心放弃了对儿女的监护权，但母子之情怎能割断。虽然母子各在一方，但母亲的心却无时无刻不在儿女身上。母亲为了探望我们，每年不止一次颠簸在洛阳到东营的火车上，到东营住招待所见她的孩子。等我成了家，母亲就把我的家作为她的落脚点、和弟妹们团聚的大本营，弟妹们也把大姐家当成了母亲的家。那时我家洋溢着母亲的欢声笑语和弟妹们撒娇耍赖的腔腔调调。

　　刘妈在父亲去世后又在油田待了几年，后来提出了回锦州老家安度晚年的要求。刘妈临回锦州时也动了恻隐之心，跟我说："你妈这辈子不容易，你们应该把她从河南接过来，晚年让她享享福。你们兄妹四人这几年对我也很好，我也不说什么了。我锦州也是一大家子亲戚，我想回锦州，互相都有个照应，你们就不用操心了。小虎（小弟小名叫小虎）愿意住到你爸爸的这栋独门独院的楼房里，你们做姐姐哥哥的就满足他的要求吧。"当时我连考虑都没有，就说："小虎现在住的 50 平米房子就给我妈住吧。"三下五除二，我爱人就写了两份协议书，在不懂法的情况下我们几人草率签了名，这也为以后父亲的待遇房在小弟壮年早逝后被其遗孀给搞得乱七八糟而留下了后患。随后大弟开着车和我一块儿把母亲在河南的家搬到了东营小儿子的房子里，母子两地分居的局面结束了。

晚年的母亲解决了房子问题，终于和子女团聚了。她积极交了两次房款，这是他一生中最舒心的日子。母亲住进了我为她收拾好的补齐了生活用品的房子，经常骑着三轮车随我赶个集或逛个商店。她虽然有离休工资，但依然去捡废品，只为了锻炼筋骨；经常到小儿子开的汽配店里转转并和附近的老姐妹们打个麻将拉个呱，谁家有事她都帮忙，虽然有时是帮倒忙。

母亲不善于理家做饭，对自己很苛刻，很少为自己买多余的衣服等生活用品，经常是我们为她添置。她随着年岁大了也不太方便收拾屋子而将就着，我一有机会就为她打扫卫生洗洗涮涮。年老的母亲最喜欢叫上我们下馆子撮一顿，看着儿女孙辈们吃得高兴她也会食欲大增，还高兴地举杯祝大家进步，还说这是一次团结的大会等，这些蹩脚而又时髦的话引起大伙举杯大笑。虽然她在偃师的工资水平比较低，但很知足，母亲妹妹家的孩子都被她拉扯大了，而且都已成家了。

可好景不长，2001 年，小弟孔令海被查出肺癌晚期，这对母亲是巨大的打击。小弟住院时期正是三九严寒时期，母亲每天坐公交车去离家 20 多里地的胜利医院去看望小儿子，经常是冒着风雪，在一次探视的路上还摔断了脚脖子，妹妹领她去桓台县接骨贴膏药治好了。2002 年正月，面对小儿子的去世、白发人送黑发人的现实，悲痛欲绝的老母亲每天坐在路边的台阶上掉泪哭泣。

看到 73 岁的老母亲悲伤的样子，我对从中海油燕郊基地来看望母亲的大弟讲："把老娘接到你家去住吧，让她换个环境吧。"大弟同意了，把母亲接到自己的家。由于思念小儿心切，住在大儿子家又不习惯，母亲执意要回老家，大儿子劝也劝不住，母亲最终回到了洛阳自己的家，回到了早就被穷亲戚扫荡而空的只剩下一个搬不出门的旧沙发的旧居。

在这个真正属于自己的房子里，往事涌上心头，母亲号啕大哭，发誓再也不离开这个真正属于自己的家。当我得知情况赶回偃师时，往日迎接我的欢乐面孔一扫而光。母亲满脸木呆地对我说："你回来干什么？"我劝说母亲回东营并要接她走。但母亲倔强地说："在东营我满脑子都是令海的影子，我无法控制思念小儿子的心情。这里是我的根，也有人会管我的，如果都嫌我是累赘我就进养老院。"无奈的我返回了东营，面对东营小弟原来的房子，看到我们为母亲置办的家具物品，我和妹妹商量后下决心把东营房子内的日常生活用品和家具里能托运的统统托运到偃师城关镇民主路 37 号一楼东门西户的家。完了以后我又返回偃师，又在当地为母亲置办了大床、电冰箱等家具，还安装了防盗门窗，改造了卫生间的设施和锈死的管线等。

从此母亲又回到了真正属于自己的家安心生活，心情渐渐恢复平静。

7. 处处母女情深

1975 年春天，我接到母亲的一封信，信中讲道："晓兰，我得了食道癌了，咽喉堵塞吃不下饭。翟镇卫生院大夫讲我的日子只有三个月了，你回来吧，我有事要向你们交代。"我着实吓了一跳，把大女儿扔给了卧病在床的父亲和刘妈后直奔洛阳。母亲背着沉重的思想包袱，对我说："我不中了，我们单位老杨就因为得了这种病，三个月就死了。我要尽快安排后事。"我连忙劝她说："妈，你这么好的身体，不会得癌的，我陪着你到洛阳和郑州找最好的医院和最好的大夫给你检查治疗。"她同意了我的意见后从翟镇卫生院拿回病历，先用土法刮掉了咽喉的脓液，随后上洛阳经过专科大夫的详细检查和切片化验，初步确定不是食道癌。为了更加确定检查结果，我又提议带母亲到郑州作进一步确诊。母亲这时高兴地讲："不用了，我的命大着呢，老天爷不会让我死的，你快到上海把小慧从你大嫂那儿接回山东，总放在崇明岛亲戚那里不合适，我也不放心。"接着，她风风火火拿着存折跑到银行给我取了120元钱，并亲自为我买了到上海的火车票，心花怒放地把我打发走了。

大约在1994年，风风火火了一辈子的母亲坐够了骡马车、汽车、火车，非常向往坐飞机。我看出了妈妈的心思，萌发了让母亲和妹妹坐飞机上北京看望大弟的想法，妹妹积极响应。我们来到母亲身边后，母亲说想从郑州坐飞机到北京。说走起走，我们从洛阳预订了郑州到北京的早上7：00的飞机票，第二天我们坐着私人承包的小公交车走走停停四个钟头后终于到了郑州。

候机时间较长，在郑州，我们参观了二七纪念塔并吃了郑州小吃，还逛了郑州的繁华地段，晚上住进了机场附近的旅馆中。次日是阴天，办了登机手续，拿着登机牌，母亲被空姐搀扶着登上了飞往北京的航班。母亲新奇地、紧张地看着飞机在跑道上起飞，飞行途中因为天气不好什么都看不清。飞机降落在北京机场的跑道上，大弟两口子开车来接我们了。高兴之余母亲悄悄说："在天上我什么也没看清楚。"

我扮着鬼脸说："那是你的命不好，下次再坐。"母亲多么想体验一下飞机穿梭在蓝天白云中的滋味呀。她遗憾地哎了一声。现在想起来我真后悔没有再带母亲坐一次飞机啊。

8. 张张照片、滴滴眼泪思母情

翻看老照片，在杭州西湖的花丛里摆着时髦姿势的母亲；在北京世界公园里维纳斯雕像下的母亲；游香山时下山路中和小青年比赛、步伐矫健的母亲；在北京西南方的银狐洞中不服老的母亲；在青岛八大关各种欧式建筑的马路边摆着姿势的母亲；在威海海边捡海贝的母亲；参观圆明园西洋景观大水法的遗址的神情凝重的母亲；在南京中山陵和我们合影时神色庄重的母亲；像卫兵一样背着书包在天安门广场上留影的母亲；和孩子们共进午餐时幸福的母亲；1950年在陕西和同乡姐妹留影的母亲。还有母亲和外婆外爷带着我们兄妹四人在青海西宁合影的全家福照片。

张张照片勾起了儿女们对母亲无限的怀念。母亲少女时代敢于追求纯真爱情和婚姻，虽然你们的感情随着时代的变迁和思想观念的转变失去了光彩和魅力。但你留下了爱你想你的孩子们，这是你的欣慰和骄傲。如今一切都烟消云散了，想必父母的灵魂在天堂能和睦相处吧。午夜梦中亲人也能见到你们。现如今儿女们把父母的骨灰合葬在一个墓穴里，愿你们在另一个世界里重归于好，并保佑你们的儿女一生平安。

9. 撑起娘家一片天

母亲姐妹三人，二姨在 1961 年时从青海回到了家乡务农并成了家。当国家重新启用他们这批职工时，粗心的二姨却丢掉了本人的档案及相关证明，因失去了再就业的机会而后悔万分。回到家乡工作的母亲在外爷去世后担负着赡养外婆等负担。为了能延续娘家的香火，重振门风，就给三姨招了个因母改嫁而无处可去的上门女婿郭跃清。母亲为他们操办了婚礼。不久夫妻俩就生下了两个闺女，翠萍和占萍。

随着时间的推移，祖辈留下的窑洞因年久失修，雨水冲刷等原因将要倒塌，母亲到生产队申请了宅基地后拿出从微薄工资中攒下的积蓄，翻修了三孔窑洞和两间平房。

在两个姐姐的人力物力的帮助下，三姨一家总算有了稳固的安家立身处。1973 年，慈爱的外婆得脑溢血而去世。三姨又接二连三生下两个儿子赵江和赵海，从此赵家有儿子了，终于可以告慰九泉下的二老了，母亲扶持这一家更有奔头和劲头了。

　　为了能治好三姨的病，母亲花钱在所不惜，但在1987年，年仅44岁的三姨还是抛下了她的四个孩子撒手离世。作为以种地为唯一收入的姨父哪有能力抚养这四个孩子呢？回想三姨生前因知道自己来日不多了，曾哭着跪在母亲的面前说："姐呀，你就当你生了五个孩子吧，我就比你大闺女大两岁，你把我当成你的亲闺女，抚养我的四个孩子吧，赵家门没你顶不起来呀。"

　　重担压在了母亲的身上，母亲帮助姨父竭尽全力维持着这个家的生计，二闺女占萍出嫁到西傍村，大闺女翠萍既当娘又当姐把两个弟弟拉扯大后，晚婚嫁给了上蔡县人张福生，因张家穷，所以一直到翠萍的孩子14岁左右才迁移到上蔡县安家落户。

　　为了使这家人尽快脱贫致富，母亲尽自己最大的努力并动员我们兄妹也伸出了援助之手，我们齐心协力为海海购置了拉砖的拖拉机。海海艰苦奋斗，有了收入，不但成家立业盖起了200平方米的二层小楼，还生了两个大胖小子杨杨和赵毅，脱贫致富过上了小康生活。

　　为使三姨的小儿子江江能走出困境，二姨资助他考取了驾驶执照，江江后来在我小弟承包的汽配店当了助手，很快就熟练了驾驶技术。不久母亲给江江资助了三万元，江江又贷款以个人名义买了价值十多万元能载30人的二手客运车。

　　回到河南后，江江开车，杨玲卖票，跑起了洛阳到上蔡的客运。在跑车过程中也经历了很多酸甜苦辣和风霜雨雪。每天凌晨四点左右，不管严寒酷暑，姨父都要起来检查车辆打扫卫生做好出车的各种准备工作，然后叫醒睡梦中的出车人，江江和杨玲顶着黎明前的黑暗驰向灯火辉煌的古都洛阳站。在上下车人流的喧闹声中，乘客陆续地上了开往上蔡的客车。随着杨玲清脆的声音，客车七点准时出站，经过龙门、汝州、漯河而到终点站上蔡。由于一路上的等客拉客和公路上的不畅通，一般要到夕阳落山才能到达终点站。

在天天的运营中也出现了一些怪事，每天下来的收入有多有少，总的来说幅度不会太大，但有时作为售票员的杨玲上交的票款和当天上车的乘客数量有出入，查清了原因后江江的媳妇开始卖票，两口子配合倒也默契，但腼腆的孟会桃不如杨玲机灵、嘴甜，反倒使每天的收入还不如杨玲以前上交的多。杨玲面对娘家的困难，找着机会又主动干起了售票员的服务工作。

岁月如梭，光阴似箭，就这样奋斗了三年到四年，尽管略有盈余但也异常艰难和辛苦。以后在跑西安的长途中，由于雇的司机大意，出现了没有伤人的翻车事故而亏损严重，无奈只好贱价卖掉了变形的大客车后打道回府。江江不气馁，开始拉砖，又发生了事故，在大腿骨折的情况下和媳妇靠养猪求生存。江江病好后在大量农民进城务工的浪潮影响下去了深圳开公交车，开心和有保障的工作让他逐渐恢复了元气，2011年还让自己的媳妇带着孩子在深圳住了一段时间，开了眼界，见了世面。江江又贷款在偃师市买了商品房，每一次都在电话中欢迎大姐回家住他的新房。江江的日子渐渐好起来了。

10. 三姨的孩子不忘大姑的养育恩

　　在母亲成为植物人的八个月中，海海（其父入赘赵家）作为母亲娘家的侄儿为大姑尽了最后的孝心。作为母亲的大女儿我衷心地感谢他们。顶起娘家一片天的母亲在离婚后把工作之余的大部分精力都用在立赵家门户上了，母亲的夙愿终于实现了。母亲在村里的口碑相当好，老辈的乡亲同声说："没有群姑就没有西妮这一家人的好日子，也不可能让西妮四个孩子的日子这么有奔头。海海你们可不能忘了你大姑呀。"母亲虽然对她亲生的孩子付出有限，但在特定的环境下造就了这种局面。妈妈，我们做子女的理解你，你永远是子女心中的好妈妈。你生了我们子女四人又养育了三姨家的四个孩子，你有八个子女。正如母亲生前所说："我侍奉了你外婆外爷一辈人，管了二姨三姨这第二辈人，又管了海海江江第三辈人，我哪有那么大能力再管第四辈人呀。现在我老了，不中用了，一圈人管一个人好管，一个人管一圈人难，不中啊。"

11. 扎根家乡的山山水水

记得 1975 年秋天我请假去探望母亲，晚 7 点多到偃师下车，打听到母亲已被派到邙岭公社。在县城招待所，我给母亲打电话让她来接我，随后在值班室焦急地等了三个多钟头，母亲风尘仆仆地从大山的深处来到我身边，这时候的母亲比在青海的时候精神状态好多了，穿着的白底蓝花中式衣服，虽然是村姑的打扮，但举手投足就显示出走南闯北、被历练过的利索劲。"晓兰来了！"母亲高兴地领我住进县招待所，此时已经是深夜 11 点了，母女俩有说不完的话。次日，我随着母亲沿着崎岖的郊区山道来到她蹲点的民风淳朴的邙岭村，热情的乡亲们虽然生活贫穷，但见到母亲就操着乡音说："老赵，你闺女看你来了？多好的闺女呀！"说得我都不好意思了。中午母亲给我做了姜汁面条，娘俩吃得津津有味。我问母亲："这儿这么多山路，昨天晚上你是怎么摸黑下的山？你不怕掉到大沟子里或者碰到坏人和野兽吗？你胆可真大呀。"母亲爽快地说："这比在陕北的高坡深沟好多了。"我的母亲一辈子为了党的事业风风火火忙忙碌碌，党叫干啥就干啥，从不计较个人得失。她把战争中的不怕苦不怕死的精神又带到了老家的山山水水，为家乡的发展而努力工作。

母亲从青海调回到家乡，初期被分到县委抓妇女工作，处理家庭矛盾和各种纠纷时症下药，说得有理有据，让人心服口服。每到一处，无论老人还是小媳妇都亲切地请她到屋里坐，然后和母亲亲切地倾诉心里话。母亲总是按照自己的能力尽量为他们排忧解难，尽量把党对农村工作的政策宣传和落实到大家的心里去。

12. 母亲去世三周年纪念

　　母亲去世三周年那年，按照预定的计划，5 月 20 号三姨的孩子海海一家三口，江江一家四口坐车来到了东营。他们和大姑（我母亲）的感情很深呀，海海放弃了拉砖挣钱，江江特意从打工的深圳赶回河南，带着一家四口人，又从河南赶到山东为他们的大姑来办三周年祭。这对于还未脱贫致富的农民工，是多么不容易呀。可是大姑几十年来的养育之恩，使他们割舍不了这份感情。

　　一行七人坐着硬座火车风尘仆仆地来到了东营翠苑新区我家。看到海海一行人的到来，我们十分高兴，互相询问亲人的情况，我和孔晓秦陪他们吃了午饭，在一片欢乐中，我们从翠苑新区漫步走向日新大酒店 6 楼 3 个房间，两家大人小孩非常高兴。客人们的到来打破了昔日饭店的宁静，亲情弥漫在 6 楼的过道，下午四点左右，孔令成和赵凤云参加滨州季明孩子的婚礼宴会后匆匆赶到日新大酒店，大伙碰头，商讨如何办好母亲三周年的祭奠事项。

商讨结果为：各家各自买给父母及大姑的祭品；海海一家坐令成的车，江江一家坐晓秦的车，我们一家则坐小慧的车；21 日上午 10 点准时出发上嘉盛陵园父母碑前举行祭奠仪式，中午由大姐订饭，晚饭则由孔晓秦在白云饭店订饭。晚上，商讨完后，当日晚饭安排为孔晓秦招待海海、令成一家。江江和他的媳妇孟会桃及女儿翠微、儿子嘉辛在我家吃饭。因河南天气炎热，出门时孩子们衣着单薄，来东营发现天气很冷，我翻几件女孩上衣给翠微挡寒，粗略谈了家中老房变成危房的事情及三姨父、二姨的情况，后冒雨送他们回了饭店。后来听说那天晚上令成、海海一家在孔晓秦家是酒多话多，天南地北，无话不谈，酒后兴起，又到大街上去吃夜宵，吃得一片狼藉，天露鱼肚，才各回房间。

21 日上午准时在陵园汇合后，一行人共计 23 人，走进了另一个世界，在东营嘉盛陵园，在父亲的碑前，大弟递给我一支粗笔，让我在墓碑上写下了母亲赵群的名字，然后有顺序地给父母烧了纸，供奉了祭品，每个人都三鞠躬。海海、江江和我则为父母三磕头，我则向地下的父母说明把他们葬在一起的原因。站在墓前的一大群子孙们衷心祝愿他们在天国能和睦相处，保佑子孙们一生平安。清脆的鞭炮声响彻在父母的墓碑前。天堂的父母你们安息吧。随后，大伙来到离父母不远的小弟孔令海的墓前，和小弟相依为命的二姐则悲痛地为小弟擦拭墓碑上的尘埃。出了陵园，一行人马汇集在机厂东门口的一个不大而实惠的饭店，聚会缅怀，共同回顾了父母悲欢离合的坎坷一生，按母亲生前的话来说，这是一个团结的大会。祝家人都事业有成，家庭幸福，身体健康，祝愿河南老家的海海，江江，实现大姑的遗愿，顶起老家一片天，让他们的大姑含笑九泉。

二、父亲的壮志难酬

1. 失去生活自理能力的 20 年

　　1968 年，父亲因类风湿、关节炎导致骨骼变形、十指畸形，失去了生活自理能力，料理父亲的担子压到了刘妈身上。妹妹调往江苏油田，大弟在胜采，离家较远，小弟的工作忙得整日难在家，只有我和父亲住得不远，走路不到十分钟，但我也是出了大力的。我所在的防疫站离家有三里多路的距离，不通公交车，所以我每天下班回来，托儿所接回两个孩子，吃完饭已筋疲力尽。但仗着年轻身体好，夏天的黄昏我都会带着大女儿，推着轮椅上的父亲遛弯。漫步在小区外的树林中和西南方向的东营火车站的路上，看到认识候车者和进站者就和他们交流几句，遇到熟人能谈上一阵。父亲常年居家养病的孤独心情马上得到了调整，话也多了，看到父亲高兴我也很高兴。小弟也利用业余时间经常开车把父亲拉出去看看黄河岸边的风光，调整调整心情。有时碰见老部下或认识的老人儿，则抽一支烟，说半天话。在黄河边上，看到滚滚黄河水滔滔不绝东流去，两岸耸立着几十部石油钻机，听到机器的轰鸣声，父亲既高兴又无奈。高兴的是油田一片欣欣向荣，无奈的是人在壮年身已残疾，再也无法投入到这热火朝天的石油大会战中去了。

每逢油田休息日（当时会战紧张，油田规定十天一休息），我就精心为父亲送去他爱吃的红烧猪肚和猪耳朵等菜，逢年过节也带上相机为家人拍照。刘妈是医师，父亲病后，领导安排她专门照顾父亲，她每天照顾父亲的身体保健、生活起居、服药用药等。出力气的活则是小弟跑前忙后。

在父亲生病的 20 年间，刘妈尽职尽责地完成了组织交给她的任务，这点我是十分敬佩的。没有她的无微不至的照顾，父亲是很难活到 63 岁的。

东北汤岗子疗养、锦州探亲、上海找大医院治疗疾病、青岛疗养，次次都留下了刘妈倍伴父亲治病疗养的足迹。

父亲在生病时期也有很开心的日子，回想我生下第一个女儿后带她回家。父亲特喜欢这个非常漂亮的小女婴，还起了个苗苗的乳名。父亲说："孩子出生在夏天，这是万物苗壮生长的季节，那就叫苗苗吧。"我们能感觉出父亲对健康有多么渴望，也把这渴望都寄托在这个名字里了。父亲把苗苗放在胸前的时候逗着玩，谁知三个月的孩子一泡尿就尿在外爷的脖子上了。我赶忙抱起孩子进行拍打："怎么不吭气就尿到外爷脖子上？！"可父亲笑着说："月娃子的尿不脏，外爷不嫌。"刘妈连忙给父亲换衣，大家哈哈大笑。

离休后的日子里，汽修厂的厂长老红军罗友法经常抽空来串门，与父亲拉呱下棋，陪伴我父亲，人事处处长文阔经常和父亲拉家常，帮父亲解闷，处处体现着老战友之间的深情厚谊。平时父亲还听听广播、看看报纸，同时还研究《三国》，再剩下的时间是拄着拐杖在居室里来回地散步，坚持锻炼身体，与疾病抗争。父亲虽然被病痛折磨得很痛苦，晚上疼痛得很难入睡，但久炼成钢的他一直乐观面对、咬牙坚持。幼小的孙辈在他身边依偎也能解除少许病痛。

2. 逢凶化吉的刘妈

继母刘翘 1950 年毕业于锦州市卫生学校，因感情上的挫折而远离锦州，调到青海冷湖石油勘探局职工医院。父亲离婚后生病住院期间，刘翘是他的主治大夫。经局机关人事处长介绍，刘翘和父亲认识并结合了。结婚不到一年，因给当时来院就诊的牧民看病，她不幸感染了布鲁氏病毒，病情急剧发展，高烧不退，医院所有抢救措施都用上了也无济于事，院领导也通知了父亲，下了病危通知，并为刘翘准备了后事。父亲的悲痛我是看得出来的。

刘妈明白自己的处境，在最后的昏迷中想吃哈密瓜。寒冬腊月父亲四处寻求，终于从一个同事家中找到了哈密瓜，急匆匆赶回来喂她时，她已经昏迷不醒，紧咬牙关任什么东西也喂不进口了。朱教授急中生智，在刘妈的右脚心涌泉穴中一条肉眼几乎看不见的微血管上猛扎一针，然后注射了抗布鲁氏病毒的特效药，没想到起了神奇的作用，刘妈慢慢地清醒过来。朱教授把刘妈从死亡线上夺回来了。

2012年秋，84岁高龄的朱教授在胜利油田中心医院去世，我参加了朱伯伯的追悼会，并看望了他老伴钱阿姨，又说起当年抢救刘妈的事，不胜感叹。钱阿姨年事已高，但说到过去的事就对我说："晓兰就不要说了。"我安慰了钱阿姨并说："朱伯伯为了石油人放弃了西安的世代中医名家的优越环境，战戈壁斗风沙，毅然为石油人的身体健康奋斗了终身。在当今的社会里朱伯伯是楷模和老前辈，他的医德医风光耀当世！"

刘妈痊愈出院后，为了使她恢复健康并安慰爸爸，油田后勤在物质极端缺乏的1961年给我家送来了个大猪腿。哎呀，猪肉真是太香了，至今还记忆犹新。

刘妈因自己无生育能力，曾经收养住在唐山市五姨（刘妈的五妹）的女儿小洁做她的养女，以备晚年有人照顾。她的打算得到了五姨的认可，五姨父是唐山的一名工人，工资较低而五姨又没工作，一家只靠一点小买卖维持生活。但五姨生有一双儿女，男孩叫小白，女孩叫小洁。来山东后我们也见面了，我们夸小洁长得真漂亮时，她小嘴一噘说："一般人呗。"五姨虽然日子过得清贫，但两口子很恩爱。把小洁过继给刘妈的提议也得到了我父亲的许可。

以后两年多日子里，五岁的小洁就住在父亲家里，小洁倒也机灵过人，有时我们回来看望父亲，从与小洁的对话中发现，不懂事的她很排挤我们，认为只有自己才是这个家的佼佼者，经常公然轰我们走，说："这是我们家，你们总来干什么？"一副嫌我们回家看父亲又蹭饭的样子。

1976 年夏初，小洁突然开始想念她在唐山的父母和哥哥小白，刘妈和她一同回到唐山后，把她交给她亲生父母，稍作停留，便回锦州老家去了。谁知道没几天就发生了唐山大地震。小洁和小白与父母同睡一张床。午夜三点左右，地震把她家平房压塌，掉落的两根房梁死死地砸在小洁、小白和他们的父亲身上，仨人都遇难了。小洁的母亲因为房梁的另一头砸在北边的窗台上，留下了一个三角形空间而只砸断了一条腿保住了性命。

这就是唐山大地震给刘妈五妹家带来的灾难。当时锦州也有震感，得知噩耗时，刘妈痛不欲生。刘妈回到山东讲起这件事时，大家都很伤心。从此，关于小洁，她再也不提了。父亲去世办丧事时，五姨和锦州亲戚来了十三个人，五姨只是默默抽烟。

三、伯父九子多拼搏

1. 九兄弟的生活写照

伯父、伯母共生了十个孩子，全是男孩，有一个不幸夭折，前七个全是他们的外婆带大的。一个大炕，睡了七个挨着的半大小子，每天早上，他们的外婆推门进去则高声叫道："老大、小二、小三、小五（小四夭折）、小六、小七、小八起床。"只见狭长的南北大炕上，小脑袋来回翻动着，爬出了温暖的被窝，接着就是撒尿、穿衣服，偶尔小兄弟还来上几句拌嘴。一溜小牙刷整齐地按着顺序排列在窗台上，孩子们穿好了他们的姨妈准备好的衣服，各自拿着牙刷胡乱地刷牙，然后在门外的水管子用没有拧干的毛巾胡乱地擦着永远洗不干净的小脸，外婆带着爱怜的口气絮叨着这些外孙的不听话，然后从大锅里盛出一人一碗的稀饭和馍，孩子们就着大碗里的咸菜，胡乱地吃了饭，就各自背着书包去干自己该干的事情去了。伯母则轻松地上班去了。中午孩子们回到家中，伙房里准备好了一大块早上醒好的面，谁到家中则根据自己的饭量，拉上一碗面条，浇上卤子蹲在墙角，三下五除二填饱了肚子，孩子虽多，但在外婆的操持下，家里也显得井井有条，这就是伯父 62 岁去世前的家庭生活写照。为了兄弟们的成长，伯母大 6 岁的姐姐不远万里从威海崮山镇邵家庄来到乌鲁木齐，帮助妹妹一块照顾抚养孩子，包括后来出生的小九、小十。

戎马一生的伯父在新中国成立后拖着伤痕累累的身体为新疆军区的卫生工作与自治区的煤炭工作等呕心沥血。每当孩子们问起伯父身上的这么多伤疤时，他总是无限伤感地说出打仗的可怕，并说打了一辈子仗，现在解放了，大家日子好过了，绝不能再让你们和我一样遭罪了。伯父于 1985 年突发脑溢血而匆匆离开了他的妻子和孩子。面对突如其来的打击，作为一个军人，伯母顶住了悲痛，顽强地带着九个儿子奋战在乌鲁木齐。这九个儿子能茁壮成长还因为有个慈祥的外婆。在这些孩子们的成长过程中，虽然有党和自治区领导的照顾，但成长的历程依然十分艰辛，兄弟几个在"文革"中长大，文化程度都不高，长辈们有限的精力顾不到他们的文化教育，所以他们在以后的成长和发展中受到局限，经历了许多意想不到的困难和艰辛，也有许多迈不过去的坎坷和无奈，如老二的英年早逝，小六遭遇车祸的死里逃生，小九勇勇的艰苦人生。

2. 老三和他的媳妇马萍

老三惠民的媳妇马萍，在我到新疆前就闻听她在大伯家很贤惠，任劳任怨，还很明理。我到新疆一看果不其然。她不但长得漂亮，还有一颗金子般的心。

她和三弟惠民相爱时毫不顾忌夫家未成年的小叔子众多，公公早逝和婆母年老。这位三嫂对每一个兄弟以及他们的孩子都倾注着无所不在的关爱。这里有太多太多的故事，太多太多的细节。三嫂把婆家和她构成了一个生命共同体，起到了中流砥柱的作用。在兄嫂如母的感召力下，这个大家庭最终形成了一个极其和睦、亲密无间的大家庭，形成了优良的家风。

这样的家风有一种说不出的吸引力，对子孙后代有深远的影响，而且给我们同族留下深刻影响。她心里实际上有一杆秤，凡是她认为有违有碍家风、传统的事都要干预，有时我们劝她少管闲事，她总是回答说：我不怕，我是无私的。听到这话，我深为感动，无私才能谦让奉献。这种爱由此及彼不断扩散，她爱孔惠民，因此爱这个大家庭的每一个成员。在小家中她相夫教子，支持、鼓励丈夫搞好工作，又任劳任怨，尽自己微薄的力量去帮助解决每个小叔子的生活琐事。为了维持这个家庭的日常开销，她在原工作单位改制的基础上和其他三个姐妹在自治区物资大院里，办了一个便民蔬菜零售店，每天天不亮带着她的小姐妹推着板车上蔬菜批发市场，尽量进些物美价廉的新鲜蔬菜销售给大院的居民，用自己的工资每天给婆母小叔子送菜到家，一直坚持。小叔子们谁有困难都会想到他们的三嫂三哥。

马萍的情况也传到了山东，亲朋好友都称她为我们的马主任，有什么难处都愿意找她帮忙，有什么心里话都愿意找她拉呱。而我们的马主任在照顾完婆母的生活琐事后，用自己灵巧的手不断为众多的兄弟和他们的孩子织个毛衣背心等。谁家经济有困难，她从不吝惜，无论钱多钱少都无期无息借款，尽管自家用钱不宽裕，也不为难手足兄弟，但愿我们孔家媳妇都能像马主任那样。

3. 勇勇和他的烧烤店

20世纪一个夏天，叔叔家小儿子孔永红创业成功小有发迹后跑到新疆伯母那儿和伯父的几个儿子欢聚一堂。酒足饭饱后，小红在众弟兄面前自我介绍他的发家史，鼓励愿意上内地发展的弟弟们到山东淄博临淄办饭店。

2001年的春季，老九勇勇突然身带2000元来到东营我家，开口就要3万元钱在东营做买卖，大姐如果不给就坐在门口不走。吓一跳的我忙扶他进家门细听详情：原来勇勇在临淄孔永红的饭店打工，因服务态度不好引起争吵，动手打了顾客，造成饭店不景气而倒闭。河北的亲戚都陆续回了老家，孔永红给勇勇发了2000元工资，打发勇勇找我和小弟帮助他做买卖。

当时我的小弟孔令海还健在，替勇勇选好营业的场地，我为他付了房租，并七拼八凑地搬来了开店所用的灶具等。勇勇用小红给他的 2000 元置办了经营的烤炉、棚布、被褥、床、桌、柜等，开起了烧烤店。勇勇一心想在内地混碗饭吃，并邀请乌鲁木齐的一个同伴共同经营这个烧烤店。我们看到勇勇如此有决心，热情地支持了伯父的九儿子，并全力以赴地帮助他把店办下去，让他在东营能找一条出路。

在开业的那天，我们还参加了开业庆典并预祝他成功。经营的日子的确艰辛和不易，为了等客上门吃羊肉串，他和同伴成夜守店，起先火了 20 天左右，日后客源越来越少，就这样，勇勇还是坚强地维持着。谁知祸不单行，勇勇接连发低烧，当时小弟也不明原因而低烧不止。两个兄弟同时发烧，被病痛折磨着。无奈之下，勇勇的烧烤店只得关门倒闭了。说不干就不干了。一切善后工作全由我这个当大姐的处理：房租欠账由我来付，还有一堆对居家无用处的生产资料成为破烂无法处理。我又可怜又生气，难道这就是革命了一辈子伯伯的后代？

2001 年，恰巧小弟和媳妇的关系不好，成天打架闹离婚，于是令海和勇勇出走了一个月，替令海到欠户家要账去了，我们又生气着急又没办法。一天，小弟领着勇勇回到了东营，也不说到底去了哪。勇勇又高烧不退，我领着他去了油田的胜利医院看病，大夫诊断是肺结核，需要住院治疗，我们又急忙办了住院手续，把勇勇送进了结核病医院，我又为他付了住院费、治疗费、生活费等。小弟令海十分着急地对我说："打电话给伯母，请她邮钱给勇勇，咱们一起给勇勇治病。"

时隔不久，伯母邮来2000元，勇勇的病也有了起色，出院后，勇勇还是不想回去。我就给他做工作，回去后好好找个工作，新疆的哥哥们会帮助你成家立业，没有住处就住母亲那儿。随后小弟把勇勇送上了火车，勇勇回到了乌鲁木齐。提起这段往事真让人心酸，如果伯父还活着，他的儿子会是这样吗？回疆后，勇勇住在母亲家并和一个姑娘结婚了，还生了一个女孩，靠开出租车养家糊口，现已安心扎根新疆。多年没见，我还真想这个堂弟。

4. 孔强的厄运

　　伯父的第六个儿子孔强长得比较瘦弱，原是乌鲁木齐某运输公司的公交车司机，后为响应号召，积极参加了达县油气会战。几年来，孔强任劳任怨地为油气会战做运输工作。

　　2013年，孔强休假回到了乌鲁木齐，某天去亲戚家做客，亲友相聚分外激动，开车的司机因超速行驶，车失控撞到了高速公路边的护栏上，巨大的冲力撞断了防护栏杆，汽车倒扣在路边的壕沟里。后果是惨重的，肇事司机很不幸，当场死亡，小六孔强的右腿也被撞成三截。等到救护车把人送到医院，孔强也进入了抢救阶段，经过及时的治疗，孔强的右腿打了三个钢钉，保住了右腿。

出院后孔强仗着自己年轻，看到为他筹治医疗费用的亲人负债，又勉强抱病到他曾经工作过的加油站上班去了，家中的兄弟总算是松了一口气。

在抢救孔强的过程中，众兄弟有钱出钱，有力出力，他们的媳妇也十分支持。惠忠的儿子豆豆为六叔买来很多海参为其补养身体。小三则四处奔走，在孔强工作过的单位，向社会申请资助，但谈何容易。虽然车祸责任在肇事司机身上，丈母娘家在第一次抢救中也付出了所有，但压力也十分沉重，众兄弟也体谅她家的苦衷，积极为她家分忧。全家为孔强的生存尽了最大的努力，兄弟情分确实感人。

孔强撑着病体上班不久又因为高烧不断而住进医院，经诊断是因为车祸手术中骨髓感染而血小板锐减，两个月后确诊为白血病，急需抗癌治疗。为了寻找适合孔强体内血小板的配型，众兄弟们渴望从自身的血液中选出适合孔强的干细胞。他们瞒着年迈的母亲纷纷抽血检验自己的干细胞能否和孔强的干细胞吻合。通过检查，在年轻的几个兄弟的血液中找到了适合孔强的干细胞。又根据标准确定老八孔军的骨髓可为孔强的骨髓作移植首选，这样比用外人骨髓移植的资金要减少60%，风险也降低了60%。既能减轻兄弟的负担，又能加深手足之情。两次家庭会议商研，整个治疗需要大约36万元，兄弟们又从长远计，商量了下一步的筹资方案，何时实施将就孔强的治疗情况决定。孔强经过两个月的化疗临床状态不错，后来出院休养了。众兄弟也松了一口气。

5. 长房长孙豆豆

薛西亭伯伯是父亲的老战友，是经历过战争考验的老八路，在我保存的父辈们战争年月里的照片中，有薛伯伯和父亲的合影，薛伯伯因战争年代身体受到摧残，过早地离开了人世。他的小女儿薛巧云和伯父的大儿子孔惠忠在我父亲的牵线中，组成家庭，生下了胖嘟嘟的豆豆，大名叫孔峥。豆豆在湖北孝感的一个大学毕业后回到乌鲁木齐市，找了几个工作都不甚满意。他认识了在成都旅游学校毕业、家在新疆昌吉的姑娘商文娟后，两人共谋决定在威海开辟新天地，他的父母成全了唯一儿子的心愿。

2000 年，老大孔惠忠不远万里从乌鲁木齐来到威海为儿子装修了房子，豆豆圆了自己的梦，带着新婚的妻子去打拼。初到威海，小娟因专业对口，在宾馆找到了合适的工作

（旅游培训），豆豆当时没找到合适的工作，则抓紧时间在威海考驾驶执照。小两口日子过得艰辛，又饱受离开亲人的孤独，但有信心在威海发展自己的未来。

如今时隔五年，豆豆不但在威海市找到了工作，而且买了汽车，还在公司营销业务中业绩年年上升，深得公司高层赏识，晋升为部门经理后又升任副总经理。小娟有一次上豆豆负责的店里去找豆豆，顺口就把孔经理叫成豆豆，店里的同事听了十分惊讶地说，我们的孔经理怎么叫豆豆，太逗人了，大家哈哈大笑起来。空余时间里豆豆的下属也把孔经理叫成豆豆经理了。

哎呀还忘记了，2014 年，小娟还给豆豆生了一个小豆豆，小名叫童童，大名叫孔维杰，小男孩十分调皮可爱。我这个老姑奶则根据他的表现来称呼他，或叫闹闹，或叫淘淘，总忘记叫童童。好几次豆豆给我讲："再给我几年时间，豆豆一定会事业有成，改变现在的局面，到那时，大姑你看豆豆的吧。"我由衷地说，豆豆加油，目的一定会达到，你的父母盼着这一天呢。这就是在市场经济的大潮中拼搏成长起来的豆豆——老孔家的长房长孙。

四、叔叔的质朴勤恳

1.30 挂鞭炮为叔叔送行

叔叔孔祥福幼年家遭大难，幸有他们的大姑孔淑贞和姨妈在十分贫困的情况下收养了我的叔叔。解放了，翻身了，叔叔分到了土地和房子，终于回到了自己的家，结束了流离失所的日子。叔叔一直是农民，土改时入了党，在合作社和人民公社时当过生产队长和民兵队长，他十分珍惜来之不易的幸福，热爱共产党，热爱新社会，勤勤恳恳当农民。

叔父的前半生备受煎熬和折磨，而坚强生活着，守着这个家，留住这条根，这也是两个哥哥所期望的。两个哥哥在战火纷飞的年代里，在生命毫无保障的情况下，为打败日本侵略者解放全中国而奋斗，叔叔能为家族作的最大贡献，也是他能做的最大牺牲就是守住老家那块地，使两个哥哥有国又有家。

2013 年 2 月，叔叔走完 85 岁的人生旅程，安详地离开了他眷恋的亲人和他热爱的土地。他的儿女在叔叔出殡时放三十挂鞭炮为叔叔送行。

叔叔的一生，幼年苦难，成年艰辛。为了完成两个哥哥的老家要留下条根的承诺，一辈子在老家的土地上辛勤劳作。叔叔是一个普通的农民，也是一个有高尚品质的新农民，翻身不忘共产党。他在新中国成立后不久就加入了共产党，他当过民兵队长、生产队长，为乡亲们过上好日子、为农村改变面貌尽心竭力。两个哥哥也一直惦记着这个弟弟，常回家看望，有困难帮忙。土改后，父母资助叔叔，为他盖了三间瓦房，解决了叔叔成家后的住房问题。历尽苦难、苦尽甘来的三兄弟，体现出了不平凡的值得后世学习的人间真情。

2. 我见到了老姑奶孔淑贞

叔叔的小儿子小红 3 岁时，婶婶得了肺病去世，叔叔拖着 5 个孩子仅靠挣工分过日子，那时最大的孩子巧晴才 14 岁。叔叔 3 岁丧母、10 岁丧父、中年丧妻。那种情景是一般人很难体会到的。我父母也时常接济他，可解决不了根本问题。

叔叔 10 岁丧父后，我父亲和叔叔成了无依无靠到处流浪的孤儿。嫁到南岗村纪家的大姑看到侄儿如此可怜，肝肠寸断。家境虽不宽裕，但刚强的姑奶孔淑贞发誓要把侄儿抚养成人。

不久，姑奶把我父亲送去参加了八路军，从此，叔叔和姑奶的孩子纪大庄相依为命共同生活。叔叔在姑奶和姨奶的呵护下逐渐成长起来。那年我回老家看叔叔时被堂妹小丛领到了南岗，看望姑奶。我看到了十分瘦小但很干练的姑奶和她的儿子庄叔。姑奶拉着我的手看了半天，用衣袖抹了眼泪，操着乡音说："长得像你爸小时候的模样，你爸不容易呀。你爸你妈好吗？"我说好，她高兴地点点头说："那好，那好。"庄叔为我做了一碗饶阳特产的杂粮面条。晚上我和姑奶同睡一个炕，虽然方言难懂，没多少交流，但带着亲情的血液在我们身上流淌，她慈爱地目视着我。这就是父亲念叨最多的我的老姑奶和庄叔。

　　每当提起自己的姑母和表哥，爸爸都会沉浸于峥嵘岁月里的回忆，一边想念一边说："我们弟兄三人是从生死线上挣扎过来的。多亏了姑母和小姨母的养育和帮衬。记得我九岁那年发疟疾，口上长出许多疱疹，拾柴回家走到南岗村口的大树边突然冷得直打寒战，面色苍白又气喘吁吁。躺在大树底下浑身冒虚汗，过往乡亲叫来了姑母，姑母赶紧用板车拉我回了家，熬小米粥给我喝了，过三个钟头我身体才恢复。那时家穷也没钱抓药，就靠吃热粥来应对。疟疾病困扰了我很多年。我的姑母很顾娘家，也很有主见，顶起了娘家的大梁。以后也是在姑母正确的指导下，大哥和我参加了让穷人翻身求解放的革命队伍。"

3. 我回老家为叔婶挣工分

　　1967年我从张店乘火车到达德州，转火车到前磨头车站后在旅馆住了一宿，又坐长途汽车经过五公车站到了老家饶阳站。过饶阳一中后赤脚蹚过滹沱河很快就到了老家孔店村。

　　当时正是三夏大忙时节，看到村口有很多光着膀子在场上打麦子的乡亲们，我去打听，乡亲们也用惊奇的目光打量着我这个背着绿书包的女学生。当我问孔祥福在哪里的时候，乡亲们忙问我是孔祥福的什么人。我说孔祥福是我叔叔，一个年纪比较大的大爷惊喜地问："你爹是很小就当兵的聚风（我爸小名），还是春风（我大伯的小名）？"当时我没反应过来，就说我爸是孔祥友。大爷高喊着："哎呀，这是聚风的闺女回来了。"只见在场的大爷大娘们纷纷聚拢过来七嘴八舌地说道："这三兄弟从小就遭罪，受了不少苦呀，如今熬出头了，听说春风、聚风在外头都当官了，聚风的闺女来看她叔了。"

乡亲们一边议论当年往事，一边把我往叔叔家领。叔叔不在家，乡亲们又带我找到正在房前的胡同口做针线的婶子。听说二哥家的闺女回来了，婶子忙拉着我的手和乡亲们一边应酬一边往家里走，路上还在村里小卖部给我买了黄瓜让我解渴。回家后我看到脾气倔强的堂弟小泉、正在编草帽的堂妹小菊和小丛、养小白兔的小红，还有后来领我下地挣工分的巧晴。家里日子过得虽然很贫穷，但作为村里担任民兵队长的叔叔却十分知足。叔叔长得十分瘦小，婶婶的身型倒是十分高壮。

天稍晚些，叔叔回家一边放下镰刀，一边十分高兴地说："晓兰，你回来看叔来了，多住些日子呀。"到底是学生的我面露羞涩地说着心里话："叔叔，你们过得太苦了，我一定要给我爸写信，让他与刘妈给你们邮钱来。"一家六口人居家过日子竟然没有切菜墩和面板，一天三顿都是玉米面糊糊和玉米面窝窝头，到地里摘个玉米棒子啃就叫改善生活了，家里除了盐也没别的调料，所以一天除了吃青菜就是吃咸菜。

叔叔在西屋北墙给我搭了个木头床。平顶房的向南的大窗户分成许多小格子，是用纸糊起来的，不巧的是，一天夜里下大雨，把纸糊的窗户全部打湿了，婶子奋力遮挡倾盆大雨的侵入，雨停后炕完全被泡了，一家子只有凑合过夜了。

看到如此情景，我被老家的贫穷震惊了。于是我决定和巧晴一块儿下地劳动挣工分，以微薄之力来补贴家用。次日和巧晴第一次下地干活，好像是给红薯地除草，而对我这个除学校偶尔组织的夏收割麦子劳动外就没干过农活的人来说，把红薯苗当草除掉了不少，看到这种情况巧晴决定领我到树林里采蘑菇。我咬牙坚持干了一阵儿，也不知道为叔叔家挣了工分还是添了麻烦。

在老家住了近50天，老家的风土人情给我留下了深刻的印象：生过孩子的妇女也不讲究，和男人们一样光着脊梁忙忙碌碌地干活，乡下人也见怪不怪，倒真把我给羞着了。每到早晨和晚上听到呱呱的青蛙叫声，好一片田园风光。而乡亲们口音带着拐弯，让人不由发笑而感到有趣。到了家，瘦弱的叔叔和胖胖的婶婶还有邻居家来的大娘拉着我的手关心地问长问短，让我感到分外亲切。在老家这段日子我挺开心，与总憨笑的叔叔和干活很麻利的婶婶愉快地相处着。还有他们的孩子：小泉的狗脾气、会编草帽辫子的小菊、喜欢养小白兔的孔永红、会采蘑菇的巧晴、种植大鸭梨果树的小丛，都给我留下了深刻的影响。

4. 叔叔的小儿子孔永红的创业史

在我父亲最后的几年里，刘妈需要人手帮助病越来越重的父亲，当然也要为处理父亲身后的事而频繁回她锦州娘家，时间长了就说不过去了，她决定从老家请来叔叔和他的小儿子小红（大名是孔永红）来照顾无生活自理能力的父亲。

叔叔用长满老茧的双手笨拙地为父亲翻身、端茶递水，和小红轮班日夜伺候父亲，虽然比不上刘妈伺候父亲熟练，但也凑合地过下去了。父亲最后是因为长期卧床，血管脆弱，咳嗽导致血管破裂大出血抢救无效而过世的。

当时刘妈、叔叔、小红、蓓蓓（妹妹的长女牟蓓）均在场，父亲被送到医院抢救时，心电图显示为一条直线。父亲走得安详，微笑着离开了这个世界。我坚持要把父亲的遗体送回家，遭到了院长的反对。叔叔和小红照顾父亲近两年，临走的时候刘妈也没表示什么。我和小弟觉得这样不公平，小弟就让小红在他任职的汽配店打工并培养小红自立，教他一些汽配技术并让他参与一些汽配营销业务。

小红头脑灵活，跟着小弟干了一段时间，很快就能独当一面了。当他为小弟承包的汽配店要回第一批款项时，小弟奖励了他3000元奖金，他那个乐呀，他第一个愿望竟然是把老家的院墙给砌好，把房前屋后的大坑填平。尝到了靠头脑而不是靠力气挣钱的甜头后，小红的劲头更足了。从此他的潜能得到进一步发挥，小弟也越来越欣赏小红。20世纪80年代后期正赶上机关车队汽配店承包，政策给了小弟这个机遇，小弟每年按比例上缴利润。在这种情况下，小弟决定启用小红跑具体业务，因为他没有干部子女的傲气浮气等毛病。

后来，小红又和在校办工厂干活的老崔联合，立住了脚跟。起初，小红利用老崔在当地的关系，启动资金都是小弟给他垫付的，小弟也把自己多年的客户和营销渠道介绍给小红。小弟无私地帮助小红也是看在他照顾父亲不容易的分上，在小红创业初期，为了让叔叔一家尽快脱贫，小弟全力以赴扶持着这个堂弟。后来，老崔和小红近水楼台先得月，仗着个体经营的优势很快赢得了市场，汽配店的生意也越做越得劲。老崔在他的家乡临淄盖上了小楼，奔上了小康。小红在张店又注册了一个汽配店，并让他媳妇的弟弟当上了代理经理。

老崔与小红所做的一切都瞒着给他们提供启动资金的小弟。小弟来临淄，对只还本金的他们发出了质问时，这两人就一致决定与小弟散伙。对自己一手培养出来的堂弟的所为，小弟火冒三丈，彻底绝望了，一场殴斗发生了，小红心虚地抵挡着，老崔则脚底抹油早就跑得无影无踪了。

在以后的岁月中，矛盾缓和了，小弟的心情也平静了。我也劝他："叔叔家五个孩子均在贫困的老家长大，日子过得艰苦，现在小红出息了，就不用我们替父亲接济了。以后叔叔家兄弟有难，当老板的小红也会出力的。"小弟也就想开了。小红发迹后也引来了新疆的兄弟们接二连三地学习经验。可能是天赋异禀吧，别人在交往的灵活度和渠道的开发度上都不如他，甚至临淄当地电视台也来采访他成功的经验。我的堂弟小红确实是个人才，但对于我的小弟，孔永红有没有感恩之心呢？这是孔永红必须深思的。

五、小弟的英年早逝

1. 孝顺的小弟

　　小弟孔令海 1956 年出生在青海西宁。记得母亲临盆时，父亲扶她上了办事处的吉普车去生产。又生下了一个男孩，这可喜坏了母亲。为了使这个唯一在医院生下的弟弟能够茁壮成长，母亲把远在河南的外婆、外爷、三姨接到了身边。面对这样一个招人喜欢的小男孩，全家都喜欢。小弟就是在这样一个备受呵护的环境中逐渐成长起来的。

　　随着不断的"小虎""小虎"的亲昵叫声，小弟逐渐长大了，作为外婆家唯一接香火的人，在外爷去世时摔盆打幡。后来随着支援山东石油大开发而跟随父亲来到了山东胜利油田。小弟是我们兄妹四个中长得最机灵活泼、最招人喜欢的小男孩，是最受刘妈和父亲喜欢的孩子。

　　父亲在"文化大革命"中受迫害，致残，后来的 20 年，小弟陪伴父亲多次外出求医治病，和刘妈一样都是出了大力的。无论是上东北汤岗子疗养，到上海、青岛治病，还是不远万里上乌鲁木齐去找少数民族医生治疗，无论是三个月，还是半年，无论条件多艰苦，小弟都是配合刘妈，背着父亲上下楼，在父亲的病床边搭铺陪床，为父亲做饭。

在父亲漫长的康复治疗中，每天吃喝拉撒洗的护理工作异常烦琐，刘妈和小弟轮流照顾他，不分昼夜。照顾一个浑身关节疼痛、行动不能自如的类风湿患者是多么不易呀。父亲能活到1987年，与刘妈的精心照顾和小弟的密切配合是分不开的。小弟在家中最小，但他为父亲出力最大，这是我们做哥姐的所不能比的。

2. 小弟创业

　　照顾父亲让小弟耽误了学业，他很早就参加了工作，起初被分到汽修厂当钳工，但父亲还是离不开小弟的照顾，组织上把小弟调到了小车队。小弟为人机灵、善于经营，在汽车配件供应工作中，和合作方建立了稳固的销售一条龙关系，因此在车队的汽配供应工作中崭露头角，得到了车队领导的信任，被任命为车队汽配店经理。

　　有一件事给我印象最深。某年的秋天，山东大苹果上市的时候，单位要给外地同行们送一车苹果，因车队人紧，只能由小弟自己开车送往北京，当时小弟央求我陪他去北京一趟，我很高兴地答应了。早上装上车，我们姐弟俩高高兴兴上了路，一路上谈笑风生，小弟对事业、对车队销售工作的发展有一展宏图的抱负。严肃地对我说："大姐，我想在北京发展，凭我的才干和人脉，我有信心也有能力在北京创出一番事业。"当时我一听小弟的这番话，茅塞顿开说："好啊，我支持你，你在北京发展了，小苗也有出头之日了。"这一路上聊得别提多开心了。谁知车到廊坊，天公不作美，雷神大怒，急雨四射，我们在暴雨中向京城驰去，也不管车上的苹果如何。一路疾驰进京后，小弟向北京的哥们儿告急，车子开到新街口三联书店门口，迎来了援车，解决了问题。第二天跟随小弟活动时，我看到了小弟为了业务的开拓，艰辛地奔波，为了打造汽配行业配货系统，小弟付出了艰辛的努力。

单位实行改革分流，采取个人承包制，面对新的机遇，小弟仗着自己经营多年的经验和熟练的业务知识，勇敢地承包了车队的汽配店，为了筹集资金扩大经营，也常动员我投资入股。

为了取得我的信任，小弟曾把自己的部分积蓄交给我保管，小弟租了店铺，和车队正式脱钩，办起了私人汽配店，在一年多的日子里，小弟采取了大锅饭的经营模式，交际费用支出超出了汽配销售的收入。资金的短缺，品种的贫乏，用户逐渐减少，形成了入不敷出的亏损局面，掌管资金的我感到了事情的严重性，在几经劝阻、小弟不听的情况下，我采取了拒绝支付的办法，招来了小弟的不满，在协商取得共识后，小弟用和他志同道合的女同志小苏顶替了我的位置。为了保证我的资金安全，我从小弟让我保管的资金中扣除了我的资金。抽走了资金对于小弟来说无疑是釜底抽薪，我和小弟的矛盾也就由此产生并升级了。

在以后的经营中，小弟又动员了大弟给汽配店投资，大弟作为店员，在店铺张罗业务。大弟初涉商海，没有经商头脑，反成了一个花销极大的闲人，这点小弟是有看法的。后来，东营市整顿市场，要求汽配店一律搬到东营南部地区的汽配一条街上，大弟辞掉了汽配店的工作，小弟退给他投资的一半资金，剩余的一半则再三说明，大弟在店里的这段时间，投资不但没有收到效益，反而亏损了。汽配店搬到南城的汽配一条街，这对当时身体状况不好的小弟来讲，确实是吃不消的，大姐靠不上，大哥也靠不上，只有求助于从小相依为命的二姐，作为二姐的孔晓秦确实为小弟的这个店出了许多力，帮小弟把汽配店搬到了汽配一条街。

小弟离开汽配店后，充满自信地干起了自己经营的汽配店，但在各种条件的制约下，汽配店最终倒闭。小弟此时的心情是笑看输赢，对损失看得淡如烟云。他毅然买断工龄，放弃了铁饭碗，依靠同行的哥们儿，为到北京发展他一生钟爱的汽配事业而积极筹措着，但心比天高命比纸薄，小弟被歹徒毒打过的身躯留下了致命的隐患，口腔中全是假牙，时时发炎。加上长期抽烟，引起了肺部不适、全身骨骼的剧痛，这一切都在暗示着一种厄运即将到来。

3. 小弟病逝

　　小弟身体不适，虽然有所察觉，但也没有想太多，每天和妻子无休止地争吵，得不到妻子温存的照顾。在挑拨下，小弟在侄女的心目中是一个在外面找小蜜，拆散这个家的坏爸爸，侄女的不理解更加深了小弟的病情。一次，小弟把我和小妹叫到父亲原来的卧房中，两口子正闹得不可开交，面对泼妇般连珠炮地谩骂，小弟则针锋相对地喊道："我低烧这么久，她不管不问，恶意伤我，车队发给我的 13 万买断钱也被她扣住不给，这是我上北京发展的启动资金啊，你这么对我，我就是死了也要血喷你脸，不能放过你。"当姐的怎么说呢，离婚的闹剧不止一次发生，但每次都是无果而终，看着小弟痛苦地发颤，我这当姐的只能疼在心中，还得当和事佬。

此后小弟发烧症状加剧，经中心医院检查确诊，肺癌晚期。我从北京赶回东营，妹妹、妹夫坐在我家客厅把这一噩耗告诉我，我惊呆了。虽有准备，但也不是意料之中的，当时我提出无论花多少钱也要挽救小弟的生命，赶紧把小弟送到北京的医院。

但妹妹、妹夫早有打算，把小弟送往大连亲戚所开的医院，妹夫牟钟真反复解释，他表哥那环境优雅。听到这话，当时我确实不理解，现在细想他这样做还是有一定的道理的，肺癌——癌中之癌，是无法根治的绝症，花多少钱也是必死，倒不如在他最后的半年里找一个环境优美、条件好的地方享受生活，度过生命的最后时光。征得小弟的同意后，第二天由妹妹、妹夫、弟媳带着小弟坐车去了大连。从打来的电话得知条件不错，单间有电视、卫生间，小弟十分满意。住院以后，锦州的刘妈也看望过小弟，也觉得医院还行。入院后没过多久，原班人马打道回府，小弟一个人在医院待了近4个月。这期间以为排除了癌症，小弟十分欣慰。

但是好景不长，小弟低烧复发，胸口憋闷，症状不断，就诊大夫怀疑是肺结核，转到结核病院，经穿刺检查拍片，再次确诊肺癌晚期，癌细胞已大面积扩散到骨头。小弟不相信，叫来了两位姐姐询问实情，我们虽没明说，但聪明的小弟已经领会了自己确实患癌。在最后的三个月住院维持中，小弟以惊人的毅力面对死亡。

在每次的陪床中，小弟都十分平静地和我们交谈，偶尔还反过来替我们着想，有一次他深情地说："大姐啊，我这个病你们不用伤心，人总有一死，我想开了。"还有一次他在特殊病房里对我说："等孔黎结婚成家，你和二姐代表我亲自给孔黎说，就说爸爸祝愿他们幸福，这是我作为父亲的心意。"小弟的这一番真情流露使我肝肠寸断，我对小弟说："你不要再说了，你不会死的，我死了你也不会死的，花多少钱咱们也治，就是治不好咱们也不留遗憾，咱们上北京去看，我和你哥商量一下。"小弟说："唉，别去和老哥商量了，算了吧，认命吧。"

我痛心欲绝，难道老天真要拿走小弟这条命吗？

在一次陪床的下午，听小弟问起小弟买的挂北京牌号的捷达小红车，小弟问现在谁开，我说小民在开，来回送饭，接送人。我发愁地讲："在东营你是唯一的顶梁的男孩子，将来这车怎么办？"小弟没想到会得这种病，最大的遗憾就是没有教会孔黎开车，等走了以后，让老哥把这车开到北京，先暂时放他那里，等孔黎放寒暑假到北京，让老哥教她学开车，学会后让孔黎把车开回来，他也给老哥交代一下，别操心了。我也就不再说什么了。

不久，我想了想，小弟给我交代了这么多事，口说无凭，就拿了纸张和笔，在我陪床的时候，和小弟摊牌说："令海有些事你有什么交代，今天大姐拿来了纸和笔，你就写下吧，口说无凭。"

小弟听了呆了一会儿，突然抱头大哭："我谁也不给写，我谁也不给写。"看到小弟这种复杂的悲伤，作为大姐是怎么也没有想到的，我忍着巨大的悲痛，拿了一个大脸盆打了一盆热烫的水，放在离脚很近的病床上，用热水轻轻抚摸着弟弟那双白净的脚，刹那间，满脸的泪水倾泻而下，我使劲地揉搓着小弟的这双脚，仿佛把满腔的忧愁都搓进了小弟的肌肤里，小弟的情绪逐渐平静下来，进入了梦乡。

我端着洗脚水出了病房，走到空旷的长满荒草的旷野里号啕大哭，希望这哭声能感动苍天，把小弟从死亡的边缘拉回来。不写了，再也不让小弟写什么遗嘱了，让一切随风而去吧。

小弟于 2002 年大年初四上午 12 点左右去世，走完了他短暂的人生。

小弟带着无限的悲哀离开了这个世界，办完了后事，大弟开走了小弟的爱车，回到了北京。

六、我的经历花絮多

1. 农村学生的艰苦求学精神感动、教育了我

1963 年山东垦利发现了高产油田，各地奔赴华北参加石油大会战的职工络绎不绝地汇集到黄河入海口的垦利。当时我也随着父母来到了山东，油田初期叫 923 厂。

当时条件十分艰苦，职工的孩子上学只能寄宿在淄博五中。淄博五中校长还负责解决我们这批孩子的教育问题。为减轻孩子父母的后顾之忧，王校长就把学校的大车库腾空，解决了就读学生的住宿问题。

初到五中，我们都努力学习，但感到生活很艰苦。可通过和农村学生的接触才知道农村孩子求学多不易。我们油田子弟上学起码还能住上车库，每逢周末还能搭上开往油田的便车回家温暖一下，吃点好吃的补充一下营养。我和大弟在星期日还能到街上逛一逛后吃一碗热汤面、吃一盘饺子解解

馋，过一个星期再花点钱到澡堂洗一个舒服温暖的澡。我的好同学朱秦的爸爸，每次来看孩子时也总带上我去红旗饭店改善一下伙食。

爸爸也总到淄博五中来看望挤在四十多人的大车库的孩子们，走时会鼓励我和弟弟一番，并给我们一些零用钱。但农村学生每到周末都要急匆匆走上十多里的土路和山路回家，到家后还要帮父母干上半天的活，下午急匆匆地带上父母为他们摊的足够一星期吃的煎饼和用胡萝卜腌的咸菜赶回学校上晚自习。这些农村学生在学习上认真刻苦，在生活上从不和城里的学生攀比。他们认真听讲，刻苦学习老师在课堂上传授的知识。当我们求问不懂的课业时，他们每次都是很认真地为我们解答。

还记得我在淄博五中毕业的时候，我本想报考山东博山卫生学校。班主任殷培育老师给我做工作说："你家庭出身好，又是油田子弟，成绩也居中上，将来考大学没问题，还是上高中继续深造吧。"我听从了殷老师的意见后考取了淄博五中继续深造。谁知不久到来的"文化大革命"毁了我上大学的美梦。我过早地结束了学习生涯去胜利油田当了工人。

2. 采油工的会战生活

1967年，油田正处于快速发展时期，要招收大量的前线工人。在淄博五中上学的油田子女大部分回来工作。男孩子分配到劳动强度大的作业队，当了修复油井故障的作业工，女孩们则大多分配到劳动强度稍微小点的采油队，当了油田的采油工。当年我和其他伙伴坐着大卡车来到了远离油田机关的采油五队，它紧靠油田水电厂。我在采油五队实习了三个月后就正式上班了。大弟孔令成则在1968年6月在作业三队上班。采油五队旁边有个作业二队，两个队在一个食堂就餐。采油五队由这几种人员构成：老油田调来的老石油工人，从济南、青岛招来的大批初中毕业生，为数不多的油田职工子女，分配来的接受再教育的大学生，如北京石油学院、东北石油学院等应届毕业生。

处于早期开采的胜坨油田，是一个含油面积大、油层厚度大的主力油田。储油构造位于地下两千米的深处，油气资源非常丰富，油色乌黑。与青海（冷湖）油田产出的非常纯净的孔雀蓝色的油品非常不同。广阔的盐碱滩上立着数十台高耸入云的钻井井架，井场上的钻机日夜轰鸣，原油储罐林立，排列有序的一排排自喷油井布满了整个油田，几十处点燃的天然气火炬发出的红光把胜利油田的夜色照耀得一片通红。我们初上井场时，由新调过来的队长领着，看到胜坨油田18井组计量站所管的8口油井，井与井的距离不等，约二里，8口油井的产量由小管线汇集到大管线，大管线哗哗的油流声仿佛在欢迎我们的到来。由于油、气遇火会爆炸，所以油井周围500米之内严格禁止明火。

我的师傅牛秀华带着我这个徒弟上班，每隔两小时巡回检查所管理的8口油井一次。每星期上一个白天的班和六个夜班，定时清除油管壁上凝结的石蜡。年复一年，天天如此。油井每口每班原油产量是80吨，三班倒，每天240吨而我们管理的8口油井则为每天1920吨，一个月产量约为57600吨，一年产量约为691200吨，这么大的贡献让我们充满了干劲。

在采油工作中，无论三九严寒的凌晨还是蚊子叮咬的酷暑，班班有人按时巡检。清晨，每个下了夜班的人都拖着疲惫的身体，把井口取得的油样送到化验室，然后便一头倒在用天然气燃烧炉子取暖的宿舍里酣然大睡。记得我当时做学徒时每月工资33元，上一个夜班费0.3元。无论条件多么艰苦，我们这些年轻的采油工和队上的老职工都无怨无悔，积极响应国家号召，顽强地奋斗在共和国的土地上。

虽然石油会战的条件相当艰苦，但挡不住年轻人的革命乐观主义精神。工作之余，队长组织了文艺宣传队，组织职工投稿办宣传专栏。我是宣传组的副组长，组长是南京工学院毕业的大学生，他经常组织大伙共同写黑板报，并说孔晓兰的排比句在文章里用得恰当。采油五队年轻人的朝气迅速感染了作业二队清一色的男同胞，时有作业队的某大学毕业生与采油队的某姑娘的佳话不断在两个队中传出来，并不断有喜糖给大家发放。

3. 从采油十队到油管厂的日子

在胜利油田采油五队的日子是我又艰苦又快乐的岁月。随着时光的流逝，岁月的增长，家中为我的个人问题开始操心了。

经大弟介绍，我认识了与大弟同队的北京石油学院的1966年毕业的上海崇明人袁焕发，他憨厚老实，书生气十足。他父母双亡，靠助学金和哥姐资助而完成学业的，以后的岁月里他也是尽力报答帮过他的人。他身材挺拔，相貌端正，性格温存，最打动我的是他答应我将来可把早年离异的母亲接来同住以尽孝心。

刘妈照顾43岁就瘫痪的父亲还是很吃力的，为此我从采油五队又调到离父母家较近的采油十队。那里有很多蹲点干部。其中就有罗真老师，之前罗老师是国家篮球队队员。

　　罗老师蹲点到采油十队那年夏天，我和罗老师在营 11 井值班房上夜班，那儿离钻井安装四公司很近。有一天凌晨 3 点我俩突然发现绞车钢丝通道的小窗户有个人欲往值班室里钻，罗老师大喊："谁？流氓！"我猛地一惊，跟着罗老师迅速打开值班室的门飞快追去，只见一个穿着短裤背心的人和我们在井场转圈子，还转头做鬼脸，我俩喊得更起劲了，这样僵持了好几个来回，他才跑了。罗老师有点担心，说："走，向队领导汇报去，这样怎么让我们女同志上班呀。"这件事确实引起了震动。采油队领导为了女同志的安全，一方面调查此事，另一方面对班次作了调整，女同志一律上白班，夜班由男同志代理。

　　调到采油十队不久我就和袁焕发登记结婚了，十队的同志们送来了各种生活用品，同志们在刘宝国师傅的组织下闹了洞房，吃了我们发的喜糖。为了节约开支，我没有和他回崇明，而去青岛旅游结婚，回来后搬进了队里为我们分配的一套一间半的干打垒土坯房，并用队里给配的床板，搭了一张双人床，自己用泥巴垒起一个土灶，买了一口铁锅和一些急需的生活用具，把各自的被褥搬到了干打垒的房子里。

　　因为我们相爱，在经济上我没有过多地要求他什么，总算有了自己的家，我很满足，当然也包容了袁焕发从参加工作到结婚的四年间把工资的一半都寄给老家崇明岛大哥家，报答资助之恩。我用积攒的 800 元闺房钱应付了结婚和成家的各种费用。母亲和伯母以及刘妈各给我 50 元买了辆自行车，这解决了远在永安油田当技术员的袁焕发的回家问题。

婚后 8 天，胜采落实政策办公室让我爱人和另一个同志到陕西、河南、四川、湖南、湖北等地搞外调，调查一些同志的历史问题，以落实政策。他接到通知后很快就走了。这一走就是 3 个月，所有的重担就只有我一个人扛了。

自袁同志外调走后不久我就预感到有喜了，当时十队召开采油现场会，观看各采油队排演的节目，十队的节目里我饰演一个医生，在演出过程中非常恶心。次日去医院妇产科检查，我怀孕了。哎呀，11 月 1 日结婚，才几天呀我就怀孕了，我恨死了袁焕发，这是我绝对不能接受的。我坚决让大夫为我流产，大夫同意了，但必须男方签字，这可难坏了我，我没法和他联系，只好等到他回来再做商量。早孕反应厉害，我春节在父亲家吃的饺子都全吐了。

三月底某天，从采油十队南边走来一个头戴歪檐帽子，身穿石油工人特有的 48 道杠杠服，肩扛一根竹竿，风尘仆仆，一身疲惫的人，仔细观望，原来是袁焕发。我 3 个月的怀孕反应期也过去了，他觉得我小题大做根本不同意流产，还说什么这是爱情的结晶。

我伤心死了，真后悔这么匆忙结婚。大女儿在 1971 年 7 月 31 日凌晨出生，母亲照顾了我半个月，因工作忙，单位来电话就回河南了。没人照顾我，我就自己动手，所有的禁忌立刻解除，洗头洗澡洗衣服搞了个彻底，结果洗得过头了落下很多毛病，导致多年都恢复不了。那时产假只有 56 天，上班后无人给我带孩子，于是我只能雇请队上工人的一些家属给帮忙看孩子，但都不长久，8 个月中请了 11 个家属看孩子，长的 3 个月，短的 3 天。

面对困境，袁焕发叫来了上海崇明老家大哥的二女儿玲玲来帮忙。她第一次出远门，不适应北方的艰苦荒凉，想姆妈了，又因为她的小对象来信表达思念了，带了三个月小苗后就回上海了。回上海后小姑来信说，玲玲讲"小伯在东营苦得不得了，小妈妈又不会做衣服，从济南买很贵的小孩衣服不划算，生活'惨特来'"。后来，亲戚们纷纷寄来很多自家做的小孩衣服，终于解决了孩子的穿衣问题。

那时油田会战十分繁忙，工作十天才休息一天，晚上还要参加政治学习。野外采油队没有托儿所，袁同志在 40 里外的作业队当技术员，每天早起晚归，到家忙着给孩子洗尿布、买菜做饭很是辛苦。白天上班我只能背着孩子上井，为抄近路背着孩子走横跨广利河道的输油管线，战战兢兢。每天上大班，在摇绞车清蜡时把孩子拴在值班室桌子腿上。看着我背着孩子上班，队部又没什么合适的工作给我干，队长可急坏了，他是个关心群众的热心人，多次向上级反映，建议让我上采油指挥部附近的学校当个小学老师。我也给采油指挥部写了信，讲了我的困难情况。没多久来了调令，我被调到了维修大队油管厂，那儿有一个很大的居民点，有职工家属办的托儿所。我的心放下来了，我的孩子有人照应了，我可以安心上班了。

我的大女儿苗苗（袁征）也住进了维修大队卫东村由家属组织起来的托儿所，孩子们也没什么启蒙教育，但有了托儿所，女职工可安心上班，职工家属也可安心下农田劳动。在胜利油田会战初期，这已是很不错的待遇了，我十分满意，起码孩子乱跑乱爬的安全隐患解决了。很快我又热情地投入到另外的工作中，就是油管的防腐处理和食堂会计工作。

谁知好景不长，我又怀孕了，这在我心里又蒙上了一层阴影。当时袁焕发在作业队蹲点施工现场上夜班，我在半夜出现了临产状况，迅速穿好衣服，捂着肚子到附近作业大队的值班室。调度室的师傅安排我上了开往基地附近值夜班的大卡车，我不顾满车的油泥和作业工人身上油乎乎的工服爬上了卡车，被送到了基地的中心医院。第二天是六一节，在上午十点半左右我生出了第二个女儿，11点孩子的爸爸匆匆从施工现场赶到了医院，他说男女都一样，并给我带来炖好的老母鸡汤。我此时下定决心，以后要把这孩子送到上海崇明岛的大嫂家寄养，我要继续干好我的工作。

一个月的恢复期我过得很不容易，出院后，大弟让他岳母来照顾我三天，后来我就自己照顾自己。炎热的夏天，油管厂的指导员来看望我，只见我躺在床上，身边是未满月的哇哇哭的孩子，床边站着刚拉完屎等着我给擦屁股的两岁的大女儿，家也不利落。指导员说："要不我们找个家属来照顾你坐月子？"我倔强地摇了摇头，说不用。就这样，我们娘仨等着袁焕发下班回来为我们做饭、打扫卫生、洗尿布，很是忙碌，幸亏年轻。这就是石油工人的日常生活写照，上班忙工作，下班忙家务，无怨无悔地奋战在祖国的土地上。

4. 在油田卫生防疫站

一天，油管厂领导突然告诉我，我被调往油田卫生防疫站，限期报到，接到通知书我告诉了父亲。父亲高兴地说："这是领导对你的关心，到新单位你要尽快熟悉业务，和同志们搞好关系，要听从领导分配。因机关暂时无房子，你就和我们住在一起吧。"

这时正直山东省卫生防疫站要求全省包括国企的卫生防疫站要以预防为主，尽快成立卫生宣教科室，站长鼓励我独当一面，让我一人全面负责油田的宣教工作，积极贯彻执行山东省防疫站对油田卫生宣教工作的要求，保证各项任务的完成。

刚从前线调到卫生系统的我积极性很高，一边努力适应工作，努力学习卫生防疫知识，一边积极参加省防疫站卫生宣教科举办的摄影、美术文字学习班。我根据省站宣教科的要求，积极向上级打报告争取资金购置各种宣传器材，在站长指导下购置了120与135照相机与放大机，筹备了暗室的冲洗设备，并在胜利日报社专业人士的指导下出版了一季度一期的《卫生与健康》报。为了把油田的报纸办得内容丰富多彩、通俗易懂，及时反映油田基层情况，我积极参加每次卫生专业会议。专业大夫下基层时，我就带上120相机与135相机跟拍，号召各二级卫生院与卫生科组织投稿，并和其他地区的卫生宣教科互相交流。

经过十年多的努力拼搏，油田群众的卫生意识明显提高了，医院的候诊教育普及工作开展起来了。1982年，我向省防疫站主管宣教工作的领导汇报了胜利油田积极开展卫生宣教工作的情况，在我的积极争取下，由山东省组织的八省市卫生宣教会议决定在胜利油田召开，并举行现场交流会，这是对胜利油田工作的肯定与鼓励。回来后我积极向领导汇报，得到了支持。在卫生处处长、防疫站站长支持下，我积极当好领导参谋，并且四方奔走，在油田的基层抓点带面，在原有的基础上，布置落实参观点八个，制定现场会议议程。为期三天的卫生宣教会议在胜利油田圆满结束。这次会议得到了省里的高度评价。

5. 到黄岛区竹岔岛写生去

　　卫生宣教会议圆满结束后，应大会安排，油田卫生防疫站组织参加本次会议的美术、摄影人员去竹岔岛写生。接到任务后处长和站长把这个任务交给我负责，这是我巴不得的。我向站长要求让食品检验科的陈薇薇同志陪同我一块儿去写生，然后我向机关车队要了一辆能坐八人的面包车，司机是可靠的李师傅。

　　第二天李师傅开着保养得很好的面包车过来了，我和陈薇薇组织大伙上了车，一路上欢声笑语，互相畅谈着各单位的宣教工作开展情况，我们怀着愉快的心情很快越过了平度、高密、青岛，车子驰向了崂山区卫生防疫站。钟站长操着一口地道的青岛话，欢迎代表们来青岛写生画画，我们受到了热情的接待并参观了崂山风景区。次日我们就朝黄岛的方向驶去。

面包车驰进了黄岛防疫站，我们看见卫生防疫站的同志们早就迎候在门口。他们很快为我们安排了住宿，领我们参观了薛家岛附近山上的地下备战防空洞。狭长、潮湿、阴暗的地道里冒着水珠，微弱的灯光下，我们看到了十分笨重的布满了锈迹的多个时期战争遗留下的武器及装备。其中日本鬼子侵略中国遗留下的较多，还有法国和英国的一些遗留武器。这条地道是为反击侵略者而修建的，以后又成为历史遗址。

我们走出洞口后心情格外沉重。薛家岛的同行们为我们准备了进岛的半自动小船，一再强调进岛的注意事项。竹岔岛远离陆地，由三个小岛组成，住着清一色的打鱼人家。我们一行人坐上开往竹岔岛的小船，当小船平静行驶在风平浪静的海面时，画画的同志赶紧拿出速写的小本本忙碌地记录着所捕捉的瞬间，摄影的同志则抓拍海鸥的飞姿。

突然，大海咆哮了起来，没见过大海的同行们则紧扶着船帮，咬紧牙关，非常紧张，我和小陈则尖叫起来。当海面恢复原来的平静时，我们诗兴大发，伸出了双臂，做出拥抱大海的姿势，高声喊道："啊，大海，我的亲娘，我们爱你。"同志们哄堂大笑，连驾船的师傅也笑着说道："这有什么稀罕，我们祖祖辈辈生活在大海边上，这点风浪不觉得怎么样，欢迎你们来做客。"

在一片欢乐的气氛中到了竹岔岛，带我们上岛的同志把我们介绍给当地村委会的人员，村长把我们这些由省里组织来的同志安排到家境比较好的渔民家中。只见每家每户的房前屋后和沿海边上都晒满了近两尺长八寸宽的大鲅鱼和别的鱼类，空气里弥漫着鱼腥味。

我们在岛上各处散步，观看风土人情：渔家女人们修补渔网，男人们则早早出海捕鱼。岛上只有小学校，中学要到薛家岛，孩子们白天去上学，晚上回家。我们和这些朴实的渔民交谈起来非常融洽，也被他们对生活的幸福满足给感染，渔民们也流露了对党的热爱、信任和对幸福生活的憧憬。

由于职业的习惯，同事忙于素描写生，专注地用手里的铅笔对渔岛的各种人物进行速写素描创作，表现他们的各种情态和感情。董国柱老师则分别检查每个同行的素描进展，不断加以指导，并在表现手法上进行更正。作为对绘画一知半解的我，只有拿着相机进行一些采访性创作。

黄昏时，大家都集中在风景优美的海中礁石上，捕捉着浪花冲击的汹涌澎湃，构思着自己的创作。我和陈薇薇则到渔家姑娘那里借来渔家斗笠和衣物，我装扮成渔家女形象被董国柱老师写生素描。陈薇薇则让济南铁路局的小伙子刘新和给她写生素描，他俩配合默契，通过这次写生认识了，并且互相了解了。我们都看出来了。后来，他们又通过书信来往产生了感情而恋爱了；后来，他们结婚了；后来，刘新和又调到胜利油田来了，还分到了房子，从此济南铁路十三局防疫站的一个棒小伙子成了油田的女婿，回想起来蛮有意思的。

三天的岛上写生飞快地过去了，我们告别了这至今令人难忘的竹岔岛，带着丰富的素材，从胶南日照返回，许多同志陆续地乘交通工具返回自己的单位，留下的合影照仍然完好地保存在我的影集中。

6. 机关干部蹲点

油田规定，每个处室单位都要派科室人员到前线基层队蹲点，和前线工人同吃同住同劳动，油田计划生育办公室主任通知我去东辛采油厂一矿采油 17 队蹲点，我二话没说就同意了。

第二天骑车到一矿报到，矿长热情地接待了我，叫来了17 队队长交代一番。17 队离一矿还有一段路，远离主干路，矿长送我出门说你到 17 队报了到，就回去吧，不用每天来上班，隔段时间来看看就行了。我说这哪成啊。矿长说从油田机关下来的三同干部一般都这样，你个女同志能来就不错了，我们就很满意，用不着三同。随后矿长又说，如果回去后能向上级反映一下我们的实际问题，让领导帮我们解决一些具体问题，我们就很满足了。

但上级对蹲点干部要求是必须三同，轮到我蹲点不能这么做，我必须和队里职工同吃同住同劳动。

第二天我骑自行车抄近路走了约四十分钟，来到了17队，和全体职工见了面，他们以热烈的掌声欢迎了我，散会后我问队长我干什么，队长说你能干什么，我说我是采油工出身，什么都能干。队长犹豫了一下，让我上二班，那里女同志多，随后叫来了二班班长领走了我这个三同干部。很快我和二班的年轻人就混得很熟了。规定是我跟她们上大班，不来也行，但我每天坚持上班，和班里的同志为抽油机维修保养，平整井场。平时井场有活就干，没活回到队里，帮厨切菜。

在相处过程中，群众反映食堂油水少，伙食不好，小青年结婚没房子，奋战在最前线的女工，想把家迁往有学校、托儿所的中心地带等问题。

为了改善职工的伙食，我回到机关后找了生活科，为17队的职工申请到一大桶花生油（约100公斤）补助，又上东辛采油厂反映17队一对大学生的婚房问题。这对小两口很快在石油大学的西边分到了房子。我去看的时候，只知道这房子后面靠近石油大学的体育场，至于学校、托儿所，我也如实向东辛一矿如实反映了，17队的职工看我这个蹲点干部不像以前的蹲点干部蜻蜓点水，很快就和我打成一片，矿上的生产简报也刊登了《孔大姐 我们欢迎您》的文章。

三个月很快过去了，在我离队那天，17队为我开了欢送会，曲矿长亲自为油田计生办送来了一块匾。

7. 杂乱的油田科技成果资料分类归档

由于工作变动，我调到了科技处情报资料室，直至退休。

油田历年以来的科技成果、获奖资料及专题立项等科技资料在鉴定完毕后则被拉到归科技处管理的科技图书馆的一个角落堆放起来。用油田拨给科技处的科研经费通过广大技术人员辛勤研究后用在油气增产上的效益有多少，科技转换成的生产力又有多少？谁也搞不清楚。日积月累的资料不断增加，如不及时整理归档，将来是否会变为废品加以处理呢？处理这一大堆占地方的资料，成了头疼的事。不整理一团乱麻占地方，整理这堆资料出现问题谁负责？图书馆的副馆长向有关领导反映，科技处的处长支持副馆长组织职工整理归档。但在职职工都有本岗位任务，谁也不愿揽这吃力不讨好的工作。不知何原因，副馆长相中了刚刚退休不久的我，找我承担这些资料的整理归档任务。

　　看到这堆尘封多年乱七八糟的资料，我也发愁，但还是勇敢接受了这项任务。通过四个月艰苦努力，分类分项基本有了眉目，大部分可以分类查找。在整理归档过程中也出现了部分关键资料缺失不全、查找困难等现象。这些问题，我也无法解决，只好向科技处长进行汇报，他们安排档案室存放，档案室的同志用大车装了满满一车拉回去，终于使这批资料有了归档。

七、童年的往事记忆

1. 弟弟妹妹的出生

1953年早春的一天半夜，母亲用脚踢了我一下说道："晓兰，快起来，到前院你王奶奶家叫她快过来，就说我要生了。"看着妈妈挣扎着用火夹子捅开了封着的炉火，我揉着没睡醒的眼睛披上一件棉衣出了门，在皎洁的月光下，我看到跟在身后的影子十分害怕，紧走不回头，终于叫来了会接生的王奶奶，约莫有三个时辰，我的妹妹降生了。看着嫩嫩乎乎而又红扑扑的小妹妹我开心极了。我们一家人都十分感激王奶奶的帮助。

而1956年小弟出生的情况就不同了，在机关秘书科的门前，父亲把母亲扶上一辆吉普车送到了医院，有正儿八经的妇科大夫给她接生，这又是个漂亮极了的小男孩，父母甭提多高兴了。长大后的小弟长得酷似演佐罗的影星阿兰·德龙，那种帅真是非常招人喜欢，性格也是幽默活泼、古灵精怪。

　　大弟的出生我就没什么记忆了，询问起来，妈妈说小孩子问那么多干什么。我只听叔叔说 1950 年上澄城县看望我们时正好赶上大弟出生。当时天寒地冻，我们和叔叔过了一个团圆的年。

2. 我不是故意的

　　初到西宁的时候，父母总去开会，就让我照顾刚会爬的小弟，临走时母亲还交代我说别让弟弟爬到火盆里去，我嗯了一下。当我从家中明亮的大窗户眺望父母归来时，忽然听到小弟的惨叫声，哎呀，他果然掉到火盆里去了，吓得我连喊带叫，隔壁阿姨迅速跑来帮助我掏出了坐在火盆里的小弟。我则挨了母亲一顿臭打，看着小弟吱哇乱叫的样子，我一个劲哭着说："我不是故意的。"

3. 大弟用铁丝捅暖水瓶

回想当年大弟的一些往事也挺有意思，每当母亲把暖水瓶的开水用完后，暖水瓶总会发出嗡嗡的响声，闲不住的四岁的大弟抱起暖水瓶听了又吹，吹了又听。怎么还嗡嗡呢？于是大弟就找一根粗铁丝往瓶胆里捅，连捅两下，嘭的一声，暖瓶再也不响了，而是变成一堆玻璃片子，而他的中指也因此光荣负伤。看到破碎的瓶胆，母亲训斥了大弟，爸爸却在一旁认真地说："别看令成是黑了吧唧的蔫小子，倒很爱动脑子。暖瓶为什么会嗡嗡？因为冷暖气流交汇而引起震动颤声。"至今大弟的中指甲盖上还有一个疤。

4.和男孩子比赛跑

回想在大荔，我和邻居张木匠的小儿子比赛看谁跑得快，一阵疯跑后，我撞到了路边的石头上而血流满面，我捂着被撞的额头上的伤口跑回了家。看着头部被包扎成伤病员的我，母亲生气地说："怎么没有一点女孩子的秉性，像个小子一样，是不是投错了胎?！"至今我额头左上方还留有一道很深的伤疤，像岁月留下的一道皱纹，年轻时有些显我老相。

5. 爸爸教我们学打枪

　　在青海石油勘探局，爸爸弄到一支什么枪，领着我们跑到冷湖西边的沙丘上，让我们趴着，说什么眯着眼睛，对准目标……我照父亲的说法瞄准了目标，手指紧扳，砰的一声，子弹打飞了，找不着了，弟弟虽然也打飞了，但找回了子弹壳。刘妈看我们打，自己不打，最后轮到爸爸了，前面的目标——一根木桩子被他打翻了。我和弟弟叫了起来，给爸爸评了第一名，我们根本不及格。事过多年，爸爸的枪法仍然很准。

6. 大弟孔令成的选择

　　父亲打篮球特棒的基因传给了大弟。大弟孔令成的篮球打得好，在胜利油田是出了名的。他被油田推荐为工农兵大学生上了华东石油大学，专业为采油工程，这是一次多么好的机会。作为在作业队当修井工人的大弟来说，这应是他的人生转折点，上了华东石油大学，毕业后不但有专业知识而且还是国家技术干部，跟当工人为油田作的贡献不一样。可他进学校学习了不到俩星期就辍学了，原因是他想学机械专业，而当时学校规定不能更改专业，于是他不上学了，回到胜利采油厂的胜采供应站又当起司机开起汽车来。这是我和母亲意料不到的事情。我们十分珍惜这次上大学的机会，我和母亲给他做工作，让他重新回到学校。可大弟说："刘妈这么难，爸爸又只有病假工资（多年以后落实政策，补发），不会供我上大学的。"我当时就说："只要你决定回校，我和妈妈一起供你读书。"大弟摇了摇头说："大姐，你带着孩子，工资又不高，怎么能让你供我上学呢？"他放弃了这个难得的机会。再劝他，他就说不喜欢这个专业，再劝也没用。

20世纪80年代初，中国海洋石油总公司需要大量各系统人才，胜利油田是个大油田，要抽调一批人员去充实中海油。于是大弟与媳妇一同调到了位于燕郊的中海油基地。

大弟于几年前退休，中海油效益也是非常好的，所以职工的生活条件目前来说还是较好的。托中海油的福，大弟一家在北京生活，过上了白领的日子。

7. 空壳鸡蛋

　　油田的篮球队里出色队员多，他们训练之余搞恶作剧也多。有次大弟媳妇从菜市场买了2斤鸡蛋，顺手放在球队的值班室，嘱咐孔令成捎回去。结果几个坏小子趁大弟不在场用针在蛋壳上扎眼后轮流吸走了蛋白，谁也不作声，围着大弟偷笑。训练结束后，大弟拎着鸡蛋还纳闷：怎么这么轻飘飘的，但也没在意。回家后炒鸡蛋，打一个只有蛋黄，再打一个还是。孔令成说，这帮小子，真会开玩笑。球队里这种恶作剧时有发生，大家都不介意。

8. 我的女儿——小茁与小慧的童年趣事

　　我有两个女儿，大女儿叫袁征，乳名叫袁茁（茁茁），这乳名还是她外爷给起的。小女儿叫袁慧，小名叫小慧或慧慧。袁茁出生于 1971 年 7 月 31 日凌晨的四点半，小慧出生在 1973 年 6 月 1 日的上午十点半。

　　我是胜利油田的职工子女。胜利油田生产工作一直很忙很紧张，加班加点是经常的事。当时当地非常贫穷落后，地方上的商店很少，很多日常生活用品买不到，我经常骑车 15 公里到垦利县西双河的小商店去购买。那里的生活设施也不完善，给职工的生活带来了很多的难处。我爱人袁焕发在胜利采油指挥部，先在作业队实习，后当作业队技术员，大量新井要投产，作为技术干部他天天忙得不着家。

在两个孩子出生过程中，我爱人整天忙得顾不了家，尤其老大出生时，他在远离油田基地20公里外的永安油田当作业队技术员，得知我住院生孩子，马上请假回家，并在农村集市上买了老母鸡，炖了鸡汤送到医院。当时也没有陪产假，队里工作也离不开这个技术员，他只能天天一下班后就往家里赶，每次总买回不少鸡蛋，每隔三五天买一只老母鸡，多数时候乘坐公交车，有时工作忙，误了公交车（边远队公交车班次少），就骑20公里自行车到家。第二天天蒙蒙亮他又骑车赶回队上，并上井履行技术员职责，以保证油井正常生产出油。时间在紧张的工作和生活中悄悄溜走。

到了1974年4月，小慧10个月了，袁焕发大嫂知道我们带孩子不容易，让我把小慧送到她上海崇明的家，她帮着带。1974年4月底，我们一家大小4口人加上母亲赵群（母亲主要对我大嫂能否带好孩子有点不放心，想去看看）共5口人出发了。考虑到母亲未去过南方，我们先到南京看了中山陵、玄武湖、夫子庙，还在中山陵留了影。小慧只有10个月大，我抱着她合影。后来又到了苏州看了拙政园、狮子林、西园等景点。当时的门票很便宜，一般是5分钱或1毛钱。接着到了上海，找地方住下。到了上海当然要进商店逛逛。那时五一节刚过，上海的天气已有些热了。那天中午我们到上海国际饭店吃午饭。我爱人说过："过去穷学生时每次回家路过国际饭店只能望望，现在工作了又是一家老少都来了，去上海国际饭店去开开洋荤。"我们进入大厅，大厅内放了30多张八仙桌，满堂都是用餐者。我们在中间找个位置坐下后，老袁点菜，那时候菜价还可以接受。一条红烧鱼2.5元，一碗鸡丝汤0.6元，我们一共点了七八个菜。点菜时10个月大的小慧在桌边一颠一颠拉着大人衣服走着玩。忽然一股臭味直冲鼻子。一看，小慧已站着拉了一泡屎，她还冲着大家笑。我赶紧掏出旧尿布把屎粑粑抓在尿布内，并把地板擦干净。

吃完午餐后我们去逛上海第一百货商店，在玩具柜台前袁焕发让售货员拿出一个小汽车，小汽车在地板上上紧发条后，轮子就飞快转动起来了。3岁的小苗一看，马上就跳起来高兴地喊："小汽车！小汽车！"我们给她买了个小一点的小汽车，她可高兴了。我们还给小苗买了一件非常漂亮、做工考究、款式新颖的红呢子大衣。一穿在身上，小苗俨然是个小将军，以后这件衣服一直叫将军服，小慧长大了接着穿。当时我抱着小慧，老袁领着小苗，玩得正高兴，忽然小苗说："爸爸，我要拉屎。"他爸只能把3岁的小苗领到男厕所，那是个蹲坑，可一直坐痰盂拉屎的小苗不习惯，就说不拉了。接着大家在南京路上行走，走着走着，小苗忽然说爸爸我要拉屎，说完就蹲在南京路边上，扑哧拉了一大泡屎。当时行人很多，我赶紧又取出尿布把屎抓擦干净。这两个小宝贝，一个在大上海的国际饭店、一个在大上海的鼎鼎有名的南京路上留下了印记，也永远在我的脑海里留下了难忘的记忆。

以后，我们一家又去西郊公园玩，这也是上海的动物园，地方很大，所以租了两个小儿车，走不动了就让孩子在车上。我俩推着她俩看各种动物，孩子们最爱看的是小猴子和海狮顶球。小茁长大后还一直记得海狮顶球的情景。

我们在上海市区住了两天就回到了崇明老家。我妈看到情况要比她想象得好，次日就返回了，老袁把我妈送上船后才离开，我妈自己回到了河南。

9. 5岁的小慧南京路上追公交车

1978年夏天，我们一家四口一起到了上海，住在大方饭店。那年袁征幼儿园毕业，才7岁，袁慧5岁。一天，我们带着两个女儿在南京路上玩，从外滩进入南京东路后，我们四口人一起上公交车。因为人多又挤，所以小慧没挤上车，我急着大喊："别开车，我的孩子没上车。"可车还是启动开走了，我急得满头大汗，到下一站，我们领着袁征赶紧往回跑，去找小慧，远远看见小慧在拼命地追公交车。我放下一颗心，汇合后我赶紧把小慧给紧紧抱起来，别提心里有多激动了。这孩子真机灵呀，在这种情况下不是哭闹而是本能地去追车找妈妈，多可爱的孩子呀！

有时她爸爸逗小慧，问"爸爸在哪儿上班"，小慧答"在太油"，又问"妈妈在哪儿上班"，小慧答"在防疫站上班"，再问"你在哪儿上班"，小慧答"我在托儿所上班"。

10. 小慧遇险，母亲奋救

在抚育孩子的过程中也有惊心动魄的危险时刻。在小慧5岁左右的1978年夏天，我和孩子们一块儿来到了崇明侄女家。侄女玲玲见到我们十分高兴，她领着我和小慧找到小徐裁缝，想为孩子们量体裁衣。贪玩的小慧趁机拉着我来到房后的河边，踏着通往河中央的石头台阶往下走，并对我连说好玩。没想到台阶有限，再往下没台阶了，她一踩空，扑通一下掉进了近一人深的河里。当时我啥也没想，只喊了一声："小慧掉到河里了，救人呀。"我奋不顾身地跳进了河里，在河中乱摸，希望能抓到女儿。突然，我抓到了小慧的小脚丫，不知道哪来的劲，顺着浮力一下子就把小慧给扔到岸边的小台阶上了。我踩着淤泥和水草爬上了岸，拍打着被吓呆了的小慧。过了一会儿，只见鼻孔上吸着水草的小慧哇的一声哭了出来。赶到现场的玲玲和小徐看着浑身湿透的孩子，惊慌地互相埋怨。我抱起孩子就往家中跑。回到家中，大嫂用我听不懂的崇明话和玲玲与小徐不断地说着什么。这时我的冲动劲也缓和下来了，只是搂着孩子说："不怕，不怕，有妈妈呢。"这场有惊无险的事件，着实让我对江南水乡有了几分害怕。

想当年，父亲把我这个小婴儿从窑洞里捡回来，给了我第二次生命。我在崇明岛把小慧从河中救出来，也给了她第二次生命，这都是父母对子女的爱。

11. 袁征头一回坐飞机

在 1995 年夏天，我出资让大弟买飞机票，让大女儿袁征也坐了一次飞机。袁征还记得在上飞机的前日就到雍和宫里上香求路途平安，平稳降落，在心里默念了百遍求来的平安符，惴惴不安地上了飞机，坐在靠窗的座位。当时晴空万里，路上的车随着飞机的升高而越来越像蚂蚁。在飞机上袁征很节省地喝着饮料，要掏钱结账时才知道饮料是免费供应的。很快飞机就到武汉了，袁征说那种忽悠忽悠的感觉真是舒服。

12. 结束语

世上家庭千千万，
家家都有难念经。
但愿家家都和睦，
国泰民安享太平。

附 录

附录一　孔祥友同志简历

1924 年 2 月出生。

1937 年 10 月参加革命。

1937 年 10 月至 1939 年 6 月在晋察冀军区 359 旅特务团四支队任勤务员、通讯员。

1939 年 6 月至 1942 年 6 月，在 120 师三支队及 120 师教导团任警卫员、宣传员。

1942 年 7 月至 1943 年 7 月到抗大七分校学习一年。

1942 年 8 月 14 日在山西兴县入党。

1943 年 7 月到 1948 年 5 月，在陕甘宁关中分区马栏物资局、贸易公司工作。

1948 年 6 月到 1954 年 6 月，在陕西黄龙地区的澄城县、冯原、大荔、三原、渭南等贸易公司、粮食公司工作。

1951 年在大荔参加工会工作。

1954 年 6 月到 1958 年，在西安石油地质局工作。

1958 年到 1963 年 9 月，在青海石油勘探局工作。

1963 年 9 月到 1987 年 5 月，在华东石油勘探局，后来的胜利油田工作。

附录二 孔祥仁同志的追悼会悼词

我们怀着十分沉痛的心情，深切地哀悼中国共产党的好党员，我党的好干部孔祥仁同志。

孔祥仁同志是新疆维吾尔自治区煤炭工业厅煤炭分配运销处副处长。因病突发于 1983 年 6 月 8 日凌晨 2 时 57 分不幸逝世，终年 62 岁。

孔祥仁同志，河北省饶阳县人，1938 年 2 月参加革命工作。1940 年 6 月加入中国共产党。曾任过饶阳县 4 支队通讯员。359 旅 718 团排长，湖南平江游击支队中队长，359 旅 9 团供应处供给员，山东青云教导团连长和政治指导员，2 军 6 师 18 团连长，新疆军区卫生学校副官，次后任过新疆军区管理股股长，新疆军区 11 医院管理科副科长，六道湾煤矿苇湖梁施工队副队长，六道湾煤矿行政科长，六道湾煤矿行政科长，煤炭机修厂副厂长，新疆重工业厅供应处仓库副主任，自治区物资局煤炭办公室副主任，自治区煤炭工业厅煤炭分配运销处副处长等职务。

孔祥仁同志出生于贫苦家庭，对党和对人民有着深厚的无产阶级感情。他热爱党，热爱人民，热爱中国人民的解放事业和社会主义事业。在抗日战争时期和第三次国内革命战争时期，他在中国共产党领导下的八路军和中国人民解放军中，参加过多次战斗，不怕流血牺牲，作战英勇顽强，出生入死于敌人的枪林弹雨中，先后8次负伤，多次立功受奖，为新中国的革命事业付出了很大的代价。在抗日战争和解放全中国的斗争中作出了自己积极的贡献，这是党和人民永远不忘怀的。

新中国成立后，孔祥仁同志建设边疆，扎根边疆，安心工作，给我们作出了榜样。他不怕苦，不怕困难，工作积极认真负责，踏踏实实，任劳任怨，千方百计完成党交给的各项工作任务，团结同志，顾全大局，服从组织，热爱集体，深入基层，联系群众，生活作风艰苦朴素。

粉碎"四人帮"后，孔祥仁同志更加热爱党，坚决贯彻党的方针与政策，尤其是在党的十二大路线指引下更加勤奋努力工作，在政治上始终和党中央保持一致。

孔祥仁同志的一生是革命的一生、战斗的一生、为人民服务的一生。他为中国人民伟大的革命事业，为新疆的社会主义革命和社会主义建设事业，倾注了毕生的精力和心血。他的逝世使我们失去了一位老同志，是我们煤炭建设事业的一个损失。

悼念孔祥仁同志，我们要学习他坚定不移的共产主义信念和不怕苦不畏难的努力工作精神；我们要学习他为人正直、光明磊落、襟怀坦白的好品德；我们要学习他实事求是、联系群众、勇于批评和自我批评的优良作风。

我们悼念孔祥仁同志，要化悲痛为力量，在党中央，国务院，以及自治区党委和人民政府的领导下，同心同德，团结一致，发扬成绩，克服我们前进中的一切困难，为四化建设备自作出新贡献。

虽然孔祥仁同志和我们永别了，但他的功绩，革命精神和优秀品德，将永远留在我们心中。

孔祥仁同志安息吧！

附录三 赵群口述革命、生活往事

我是 1942 年到陕西的，那年我 13 岁。怎么去的呢？1942 年河南大旱，又遇上蝗灾，庄稼收不上，灾民四处逃荒。我父亲弟兄三个，老大在陕西淳化县铁匠铺当学徒，知道家中没法活，就把老二、老三都叫去了。我们一家三口人，父亲、母亲、我，到了陕西，地方在淳化县爷台山，村子名叫安子洼。我父亲在铁匠铺抢大锤。

当铁匠也难以养家，陕西庄稼好，我就捡点麦子，给地主家带个孩子，以维持生活。当时父亲与母亲商量，说由父母包办，把我卖在那儿算了，我母亲不同意。当时我想，既然生活维持不下去，就在那儿算了。

到了 17 岁那年，村里有人给我介绍对象，是个八路军战士，名字叫孔祥友。他是个苦出身，旧社会逼得他家破人亡，投奔了八路军才找到了穷人求解放的道路。他给我讲了许多革命道理，使我懂得共产党、八路军真是穷人的大救星。我决心与他一块儿走革命路。我也提出父母无依靠，和他结婚后，把父母接过来、养起来，他也爽快地答应了。他当时在贸易公司当营业员，收枪支、弹药、布匹、棉花。我回去与父母商量，他们不同意。没办法，我只能自己作主了。一次外出干活时，我跟他到部队去了。临走时托人告诉我父母，不用找我了，我会回来的。

到了部队，同志们为我们举办了简单的结婚仪式，那是1945年，结婚时，连三寸布都没有，一身衣裳、一床破被子，就是全部家当。结婚8天，国民党进攻边区来了，我就跟着部队到处跑。两个月后又怀上了孩子。敌人来了，我们就走，敌人走了，我们又回到贸易公司。那时年龄也小，听领导安排。1946年7月8日生下晓兰，扯了一丈五尺白洋布，一直背着她，跑来跑去。

1947年胡宗南进攻陕甘宁边区，贸易公司决定转移。第一次突围时，晓兰她爸被包围在三原，突围回来，好多东西都扔了，背了一支20响盒子枪、一个三节手电。后来领导知道了，叫他到后方休息。他、唐经理带上20多个家属，过了黄河来到后方。

我们被敌人一直撵到了陕北。一次，刚到瓦窑堡，说敌人来了，马上就要撤离，我把晓兰背上，她爸放前哨，唐经理在后，家属在中间，白天走了一天，晚上10点多住在绥德，刚住下，又来消息说不能住，敌人马上就到。我们刚走，"敌人"就到了，"敌人"是八路军伪装的，逮了60多个特务。又走了30多里路，到了三十里铺，息下。过了黄河，到了山西，停了半年多，又回来了。那时正在打榆林，我们坐在黄河边上能听到枪炮声。

在山西，受了罪，一天五个枣子也过，黑豆皮也吃。在山西临县住了一年多，我在家属队里表现不错，入了党。回来以后，要求参加工作。我是1948年6月参加的工作，11月14日正式加入了中国共产党。回来后到了陕西黄龙山冯原镇。

总的来说，我17岁跟着孔祥友，风里来，雨里去，许多家属在战争中牺牲了，我和他一路走了过来。他在政治上、工作上、作风上，没有缺点。解放后,1951年底到榆林，1953年到西安，1958年调到青海油田。之后他的思想变了，他要离婚，我也有毛病。我们1960年离了婚。

我1930年出生，虚17岁结婚，18岁有晓兰，1948年入党，同年参加工作，先后做过保管员、出纳员、秘书科收发员、档案员、托儿所所长、冷湖家属被服厂厂长。

口述时间：1973年2月18日

记录、整理：袁焕发

附录四　繁刚后孔氏族谱

一、　繁刚后祥字辈（孔繁刚 武茂英）

孔祥仁　邵云凤

孔祥友　赵　群 刘　翘

孔祥福　赵玉文

二、　令、德、维字辈分

1. 祥仁支：孔祥仁　邵云凤

孔惠忠　薛巧云——孔德铮　商文娟——孔维杰

孔惠国　艾　丽——孔　妍

孔惠民　马　萍——孔　妮

孔　媛

孔惠武　周文新——孔雪域

孔　强　贾　莉——孔　佳

孔　伟　杜　红——孔德瑞

孔　军　董　燕——孔德志

孔　勇　杨秀华——孔雨菲

孔　英　谢喜荣——孔晓雨

2. 祥友支: 孔祥友　赵　群　刘　翘 (无出)

孔晓兰　袁焕发——┌ 袁　征
　　　　　　　　　└ 袁　慧、李东涛——李泽远

孔令成　赵凤英——孔　莹

孔晓秦　牟钟真——┌ 牟　蓓
　　　　　　　　　└ 牟　蕾

孔令海——孔　黎

3. 祥福支: 孔祥福　赵玉文

孔令泉　郭艳遵——孔金金

孔琳琳

孔巧晴　刘二丑

孔令菊　张铁岭

孔令丛　李志根

孔永红　翟娅荔——┌ 孔杰林　李宏升
　　　　　　　　　└ 孔德林

后记一

寄希望于未来——留给孔氏后人的一席话

河北饶阳孔店村孔氏，其最早的祖先为孔子——中国古代伟大的思想家、哲学家、教育家。其学说对中国文化、思想及对世界文化、思想影响极大。饶阳孔氏，到孔繁刚这一代，已是孔子第 74 代孙了。在繁刚公以后的 80 年间，孔门有什么辉煌的过去，这是繁刚公的后代们应该知道的事。

截止到 2015 年 9 月 4 日，繁刚公的后人应该记住的有以下几位：

首先应记住的是两兄弟孔祥仁、孔祥友。

他们在旧社会受苦受难，投身到晋察冀抗日根据地以后，与日本侵略者浴血奋战，又经历了推翻国民党反动派的殊死搏斗，为新中国的解放和建设事业作出了杰出贡献。

其次应该记住的是两位女子：

一位叫孔淑贞（繁字辈），在繁刚公被迫害致死，地主恶霸要把其后人斩尽杀绝之际，她毅然挺身而出，把年幼的侄儿孔祥友、孔祥福两兄弟收养起来，在自己生活十分贫苦的情况下，省吃俭用，无私付出，实属不易。更为可贵的是，她深明大义，把孔祥友送到晋察冀抗日根据地（后来孔祥仁也投奔到了晋察冀抗日根据地），让他在革命队伍中成长。从此后，兄弟俩跟着共产党，在革命的大熔炉里锻炼成熟，书写了他们的辉煌。

另一位是孔晓兰（令字辈）。她出生在战争年代，在马背的摇篮中度过童年岁月。幼年时一直随父母在战火中奔波。她一直认为父辈的光荣历史不能湮灭，因为时间的长河中会不断走远，唯有记录下来才能留住历史的瞬间。多年来她以弘扬父辈高尚革命精神为己任，决心把他们的战斗经历写下来，经过四年多的收集整理、查找资料、虚心求教，花了大量心血，反复修改，终于写成了这本书，把祥仁公、祥友公的战斗事迹记录了下来。这种不辞辛苦、默默奉献的精神是值得孔氏家人铭记的。不足之处是未在二公生前作详尽了解，许多更精彩、壮丽的事迹因而失传。这对后人来说，是一个教训，也是一个经验，更是一种激励、鞭策。

长江后浪推前浪，一代新人胜旧人。在以后五代、十代甚至更后的辈分中，也许会出现万民拥戴的省长、部长、将军；也许会出现大师级的作家、画家、诗人；也许会出现著名的科学家、教育家、企业家；也许会出现为国家、为民族作出杰出贡献的英雄模范人物。当杰出人物出现时，后辈中人应及时将他们的光辉事迹记录下来，继续书写下去，让更远的后世铭记祖上的辉煌，让正能量永远激励后人。

祥友公之婿　袁焕发

2018 年 2 月 28 日于北京

后记二
关于我的回忆录

  写罢这些回忆文字，我终于可以舒一口气了，我多年的夙愿实现了，心中无比畅快。我衷心希望父辈的功绩能够被今天的公众特别是青少年更多地了解。希望那些老兵、在边区最困难时期为边区经济工作作出贡献的老财经人员能够得到更多的敬意。更希望奋斗在土地革命、抗日战争、解放战争战场的革命先烈，能够更深入地被中国人民所认知。他们的功绩应铭于史册。

  然而，要在回忆录中写出父亲、伯父的战斗经历，谈何容易，而且父亲从事的是陕甘宁边区的财经工作，那是另一条战线的工作，对我来说，尤感生疏。

  我根据父亲、伯父生前讲述的零星片段，进行回忆。万幸的是，我又发现了父亲留下的自传登记表底稿，一年一年唤醒了我童年的记忆，许多与父亲共同战斗过的叔叔又浮现在我的脑海。有的叔叔已经牺牲了，我应该把他们记录下来。伯父方面的材料，堂弟孔惠民到伯父所在单位，找到了伯父尘封 30 多年的简历和单位提供的悼词，他们几个兄弟也回忆了伯父的战斗故事，尤其是 8 次战斗负伤的故事。再通过查阅史料，充实了内容，由此形成了比较完整、翔实的初稿。

回忆录创作过程中，父辈的形象逐渐浮现在面前，我完成了对父辈的追忆，也给我们的后代有一个交代。但畅快之余仍有言不尽意之感，主要是觉得对前辈的革命生涯挖掘得还不够深。

以史为镜，使人明鉴，以人为镜，使人明心。看到年轻一代物质极大丰富之时，我的心情既喜又忧，喜的是我们实现了老一辈的革命理想和奋斗目标，忧的是今天的新一代中有一些人忘却了自己的历史责任，见利忘义，走上了腐化堕落之途。唯有坚定地继承先烈的遗志，唯有直面曾经的苦难，我们一代代人才有可能在新的历史条件下保持自立、自强，才能真正发扬光大革命传统，使中国受人凌辱的历史悲剧不再重演。这就是我收集资料，记录父亲、伯父战斗生涯的目的。如果父辈真的在天有灵，看到以习近平同志为核心的党中央引导中华民族在社会主义大道上不断走向富强，中华民族正走向复兴，他们一定会感到欣慰的。

这篇回忆录得到了许多人的支持，特别是我的爱人袁焕发，他的鼓励和帮助使得本书得以面世。新疆的马萍在电话里鼓励我说："你好好写吧，等你写好后，我给孩子们看爷爷的光荣历史，让他们好好学习。"我深感重任在肩。

最后，对从各方面支持我、帮助我完成本书的所有同志，一并表示衷心的感谢。

孔晓兰

2018 年 10 月